その可能性はすでに考えた 井上真偽

那 种 可 能 性
早 已 料 及

/[日]井上真伪 著/　　　/东惠子 译/

北京时代华文书局

前言
Preface

　　文库，原本是指收纳书物的仓库和书库，也指收纳书与记事簿，以及不常用物品的小箱子。以前者为例，京浜急行线的"金泽文库站"就是以前镰仓时代北条氏用来收藏汉书用的，"金泽文库"的由来便是如此。东京都的世田谷区也存在着收集着珍贵汉书的"静嘉堂文库"。后者则更多地被称为"手文库"。

　　江户时代以来，可以放入袖袂的小开本书籍逐渐流行起来，被称为"袖珍本"。明治36年（1903年），富山房发行了小开本的丛书，起名《袖珍名著文库》。随后，明治44年（1911年），讲述战国时代的猿飞佐助和雾隐才藏系列故事的讲谈社"立川文库"发行出版。讲谈是日本民间艺术，以口语化的方式讲述历史故事的形式。而"立川文库"则是将讲谈收录成册集中出版的丛书，据统计当时刊行量为200册左右。从那时起，文库就脱离了原本的释意，逐渐演变成了现在的类书集丛。

　　文库说法借鉴了日本出版业界的传统说法。而千本樱源自日本奈良县吉野山樱花盛开的奇景，世人皆称"一目千本樱"来形容樱花美景。千本樱文库的纳入作品皆为日系作品，题材包括推理，悬疑，幻想，青春，文化等类型，正如千本樱满山盛开的绝景。

现代日本，以"文库"命名刊行的丛书系列有 200 种以上，所谓"文库本"只不过是统称而已。日本传统的"文库本"常用的是 A6 尺寸的 148mm×105mm，也叫"A6 判"。千本樱文库的所有书籍将在"文库本"的基础上提升，达到 148mm×210mm 的开本标准。追求还原的前提下，力图带给读者更清晰的阅读体验。

从上世纪 70 年代以来，日系推理小说逐步进入中国读者的视野。随着时代更替，涌现出了各种不同风格的作家。日系推理能够长久不衰的原因之一在于设立的各种新人奖，这些新人奖能为日本文坛输送新鲜血液，不断地创作优秀作品。其中，以自由度著称的梅菲斯特奖独树一帜。梅菲斯特奖是讲谈社旗下的公募新人奖，其特色在于不限题材，不设字数限制，能够充分发挥作者的想象力和创作力。因此，获奖作品都具有着鲜明个性。同时，如森博嗣、京极夏彦、辻村深月等人气作家也都出道于梅菲斯特奖。梅菲斯特作家系列的引进出版，会给读者带来更多的个性之作。

本书《那种可能性早已料及》是第 51 届梅菲斯特奖的得主井上真伪的第二部作品。接下来，千本樱文库携手北京时代华文书局，将继续推出井上真伪的第三部作品《圣女的毒杯》，以及西尾维新的《戏言系列》与《忘却侦探系列》，期待您的阅读。

千本樱文库编辑部

作家
Writer

梅菲斯特奖作家系列

- 井上真伪
- 西尾维新
- 天祢凉
- 殊能将之
- 木元哉多

鲇川哲也奖作家系列

- 相泽沙呼
- 芦边拓
- 城平京

推理大师系列

- 三津田信三

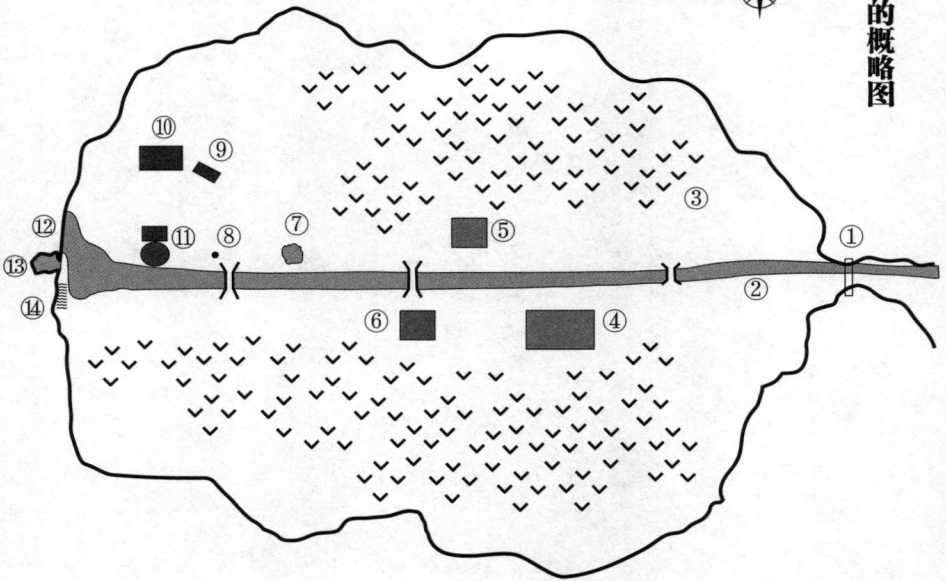

N

◉ 村子的概略图

⑩ ⑨

③

⑫ ⑪ ⑧ ⑦ ⑤

⑬

⑭ ⑥ ④

①

②

① **洞门（出入口）**
· 最先被教祖爆破之处。

② **河川**
· 地震后干涸了。

③ **田地**
· 发现时全部被烧。

④ **信徒宿舍**
· 在地震后崩塌。

⑤ **教祖的居室兼食材库**
· 只能通往教祖的居室，食材库无法通行。
· 发现时已经崩塌，食材无法取出。

⑥ **前殿**
· 大厅里面是「祈祷间」。
· 三十一名信徒的尸体发现之处。
· 铁门栓从外面上了锁。
· 外侧虽然燃烧了起来，但里面未被波及。

⑦ **垃圾场（旧井）**
· 已经干枯。
· 崩塌的地下水洞深六十米。
· 被发现时里面没有人。

⑧ **慰灵塔**
· 断裂的炭化柱子在水车那边被找到了。

⑨ **断头台**
· 在台子上和刀刃上检测出了少年的血液成分（血迹）。

⑩ **家畜小屋**
· 发现时已经没有了猪和鸡。

⑪ **水车与水车小屋**
· 发现时已经损坏。在那里找到了麻绳未燃烧殆尽的部分和炭化后的柱子。
· 边上有平板车。

⑫ **瀑布**
· 地震后干涸了。

⑬ **祠堂**
· 内有神龛和祭坛。祭坛已经倒塌毁坏。
· 有食材。在「猪崽的藏身之处」有未开封的脱脂奶粉袋。
· 留有少女处理过鸡的痕迹。

⑭ **通向祠堂的楼梯**

那种可能性早已料及

第一章

吉凶莫测

悖入悖出——

换句话说就是"不义之财留不住"。

其出自于儒学书籍之一的《大学》。"货悖而入者,亦悖而出"——"违背事理获取的东西,也会在违背事理中失去",也就是"通过无意义的手段得到的宝物,也会因为无聊的目的而失去"之类的意思。儒家的圣人之训若是常伴两袖清风的人们耳边,想必会令他们心情舒畅吧。

但是,姚扶琳并非是那样的活法。

原本她就不是什么光明正大的人。不义之财的话,积累多到了快要腐烂的地步。说到底,脏钱洗过了就好。要说洗钱的门道,在马来西亚和新加坡,从哥伦比亚到巴拿马,以及美国特拉华州等地可是丰富到取之不尽。加上近来 IT 化的影响,比特币或者 FX①之类的洗钱手段也越发广泛了。

钱生钱。如同气泡一般越来越多。她夸张地想到。

然而……

"哎呀，扶琳。有点抱歉，最近能不能借给我两百五十万。"

"钱攒不攒得住，完全看用在哪里。"

"不，别误会。不是要用来赌博的。是之前'被沙土埋没的诡计假说'的检测证明，果然需要用到表面波探查装置啊。是的，可以检测到深达十米的瑞利波——"

……这个笨蛋，又要在那种无聊的用途上浪费两百五十万了吗？

从回收资金这方面考虑的话，也许赌博更靠谱一点吧。听到智能手机那边传来的"侦探"业务以外的开销理由，只让她觉得头晕眼花。

"你是笨蛋吗？干吗非要自己购买器材，直接交给调查公司就行了。那样的话就能省钱了。"

"现场情况复杂，同行者不能进入。我只能靠自己来做测量。哎呀，别这样责怪我嘛，扶琳。就这也还是熟人转让给我的二手货，尽可能地压低了价格呢。如果是全新的，得花四百万。"

"既然是熟人，直接借不就好了……"

扶琳一脸慵懒地摇着头，又叼起了那支很喜欢的烟管。

"我这里姑且还挂着金融从业者的招牌，有人贷款的话会很高兴地借出去的。只是……你这家伙对自己现在的借款总额心里有数吗？"

"当然了。大概……一亿……两千万？不，三千万？……"

扶琳半睁着那双天生的三白眼。面对负债额度以千万元为单位的不靠谱对象，她实在不怎么想把钱再借出去。

"——是一亿四千两百三十一万呢。接下来的利息一百七十五万也要在下下周到期了。这种状况下，你确定还要借钱？听说你最近连临时收入都——"

"没有。"

心中涌起一股想要把手机朝着墙壁砸去的冲动，但考虑到那会浪费一笔修理费，扶琳忍住了。

"这样啊。太可惜了。真是遗憾呢。那么把你介绍给我认识的黑市医生吧。想必那帮收藏家们会有兴趣花高价买你的眼球吧，你可以安心了。"

"等等，扶琳，等一下……不要那么性急嘛。就算现在你把我切了也不是上策呀。"

做出一副泰然自若的样子，他换了个态度又出了声。

"是啊。那么我先做一件能赚出利息的工作吧。你最近说过的吧？被委托开发某软件的数学家，卷钱远走高飞了——那个隐藏账户是被勉强控制住了，但密码却无从得知。是吧？"

她稍微眯了眯眼。

"我是说过。然后呢？"

"账户归属于中国台湾的银行，密码自然是六位数。当然那些数字只有他本人才知道。然而，他对经常去的饮品店里的女服务员透露了一组很符合数学家身份，却难以理解的提示：'如果是133661，就错了。133667 的话，好不容易对了。要是 133665，就会永远彷徨下去。'"

"啊啊，这是什么样的笨蛋啊。一般人会把这么重要的情报向一个夜里随便认识的女人说漏嘴吗？危机管理意识为零啊。说到底，把炫耀数学知识作为追求女人的手段，才是理科男最容易踩到的地雷。"

"扶琳。那个提示的答案，是卡普雷卡数。"

"什么？"

"卡－普－雷－卡－数。"

电话另一头的那人一字一音地重复了起来。

"对某个数字的位数进行排列，其中最大值减去最小值得到的结果，和最初的数字相同时，那个数字就被称为卡普雷卡数……我举例说明一下吧。比如四位数里，6174 是卡普雷卡数。6174 四个数字排列组合的话，得到的最大值是 7641，最小值是 1467。用 7641 减去 1467，就能得到 6174，跟原本的四位数是一致的。怎么样。很有趣吧。"

扶琳一边抽着烟管一边苦笑。这话题一点意思也没有。看来他完全忘记了自己刚才的忠告。

不过，男人那一副知识渊博的无聊样子，多少勾起了她的一点兴趣。为何这个男人会把无用的知识储备积累起来呢？

"卡普雷卡数还有别的定义，但这一次只有这种意思。这个数字使人兴趣浓厚的地方在于，不管是怎样的四位数，反复计算'最大值减去最小值'，必定会以 6174 结束。无论试验多少次都可以——啊，但是 1111 这种每位数字都一样的情况除外。顺便一提，三位数里的 495 也是卡普雷卡数。两位数或者五位数里不存在卡普雷卡数，计算下去会是无数次的数字循环。然后六位数里——"

此时男人稍作停顿，以此进行强调。

"会以两个卡普雷卡数中的一个结束，又或者是循环下去。"

这个男人确实很博学多识。

除了精通数学以外，对文理学问，时事生活杂学也是无所不知，见识极为广泛。这个男人还富有教养，伶俐多才。虽然那份被海马体压缩后的情报，大部分都是连木棍都换不来的不值钱的零碎玩意，但是对于他们侦探这一行的职业性质来说，有时候那点不值钱的知识也可以起到意想不到的作用。并不是破烂无用的多余东西。

只是——

比如"拶指"②这个汉语词汇？

"说到这里，你应该明白了吧。提示的数字有三个。其中两个是正解和非正解，还有一个是循环结果。那个提示是在说卡普雷卡数的计算。"

或是夹根、老虎凳、骑木驴、凤凰晒翅、驴驹拔橛、仙人献果、玉女登梯——

中国的历史很古老。所以才会从神话时代开始不断地延续着一个不好的传统。是的，通往真相的途径，不仅仅有推理。

"接下来就只需要计算了。那么尝试把抵达正解的是'133667'作为初始值，用最大值减去最小值反复计算出卡普雷卡的操作。然后得到的不变的数字就是取款密码。话虽如此，反正你一直都没在认真听吧。我直接说出答案好了，那个数字是——"

"631764。"

两个人的声音在电话里重合。

一瞬间的沉默后，侦探用带有惊讶和佩服的口吻再次出声：

"厉害啊扶琳。已经计算出来了啊。反复操作应该有三个阶段，不愧是计算能手。"

她摸了摸烟袋锅，无言地看着紫烟慢慢冒了出来。

她确实很擅长算账啊。但是这次不是那样的，只是知道答案而已。如果要问为什么，那个数字——

扶琳对着躺在地板上的肉块目光一闪。

"凌迟之刑"——将活人身上的肉一片片削下来，使其要经过很长时间才能死亡。这是自古以来的刑罚。

它和先前举例的那些不太耳熟能详的拷问器具或者拷问方法不一样，这种刑罚在世界范围内也是广为人知的。受刑者的痛苦是无法描述的，而且比起求救，他们更想快一点死去。

真的是这样。

——那个数字是在第六次削掉对方的皮肉时得到的。

在破产的水产加工会社的房间里，扶琳发呆地看着如同镜子一般的不锈钢台，上面映出的是自己的脸庞，视线范围内的一角是遗体清理员们穿戴整齐的身姿，操作着专用工具，正在麻利地工作。作业程序很好，结果也很令人满意。她已经和这些人打了很长时间的交道了，然而他们姓甚名谁，一概不知。

"扶琳？喂，还在听吗扶琳？"

从手机里传来的声音，一下子就让她收回了注意力。

她摇了摇头。之后又和侦探交谈了一番，才切断了通话。

——糟了。

把屏幕已经暗下去的手机夹在腋下，扶琳稍稍咂了咂舌。作为解谜的报酬，那个男人所欠借款的一个月的利息全部被抵消了。没有拒绝对方说着"那么已经解决了"的自己，也多少有些天真吗？

虽说如此，但在神经饱受折磨的现世，偶尔也要留下一点如同疼爱猫咪般的从容。

就这样吧。虽然无端的浪费并非本意，但她也不是铁石心肠的人。酒当然是喜欢喝奢侈的。在赌博和无意义的游戏上也不惜投以比血还重要的资产。

也许在旁人眼中是愚蠢的表现，但对于把私人财产投在狂醉的游戏上，她并不讨厌。

* * *

蓝色头发的男人鼾声如雷，正躺在沙发上午睡。

那副呆相多么让人恼怒。这家伙完全看不懂眼色。先不说之前提到的凌迟之刑，为了让这个睡颜浑噩的男人清醒一下，稍微给一点惩罚也是必要的吧。

果然是要在他身上留下刺青啊，或是削掉鼻子。沿袭明末农民起义首领张献忠的那派方法，杀掉被狗闻到臭味的人。这种被称为"天杀"的刑罚也是有的。要不要抓几只附近流浪的野狗放进这间事务所呢。在扶琳全神贯注地考虑这类不靠谱的事情时，侦探总算是醒来了。

"呀，扶琳。大白天的，怎么露出了一副死刑执行人才有的表情。"

"给你送挽联来了。"

扶琳像是俯视被碾死的青蛙，将目光投向了躺在事务所沙发上的侦探，然后拿出了一张纸。那是还款期限迫近的借条。上面到底有多少个零，数都不想数了。

侦探保持着那副枕着胳膊横卧的姿势不变，凝视着那张纸。

"……这个月的利息不是已经抵消了吗？"

"你就这么作践我的好意吗？这份债权书是我昨天从龟户的小刘那里买来的。你可是差点就要被卖到泰国的妓院了呢。你现在到底有多少外债？"

侦探心虚地盯着天花板，嘴里嘟嘟囔囔的，像念经一样，又屈指计算了起来。在他两只手都拿来用的时候，扶琳放弃了。对牛弹琴，徒劳而已。

"……行了。你把那些借款统一汇集到我这里。快点把债权者和具体金额的目录制作出来给我，听明白了吗？"

侦探如同陶俑一般地呆呆地开口了。

"炽……"

"炽?"

"炽天使吗?扶琳?难道你要帮我把所有的借款全清了……"

"你说什么全清。我说的是统一起来啊。当然是要收你的手续费。还有今后禁止向我之外的人借钱。"

"哈哈,不用害羞不用害羞。终于你也有了普通人的温柔,打心底欢迎我不是吗?对于如此害羞的你,我把圣经里耶稣劝说法利赛人西门的一段送给你吧。'耶稣说,一个债主,有两个人欠他的债。一个欠五十两银子,一个欠五两银子。因为他们无力偿还,债主就开恩免了他们两个人的债。这两个人哪一个更爱他呢?'——我太震惊了,这话简直就是为你说的啊!所以扶琳,不如干脆一点,把我的所有借款全免了吧。"③

"你在说什么胡话啊。即使基督复活,也别指望我会免除你的借款。如果你敢欠账不还,我就把你身体加以蹂躏,在你的肚脐上插上灯芯,并且把你丢在野外暴晒三天三夜。"

扶琳踢了一下侦探的小腿,迫使他起身洗脸,又顺便让他从冰箱里拿来了罐装啤酒。

她斜视着在睡眼惺忪地整理债权者名单的侦探,自己则是坐在接待顾客用的沙发上,悠闲地咕噜咕噜喝着啤酒。

东京都杉并区,丸之内线南阿佐谷站附近。

越发老旧的出租大楼的二层,有一家缺乏生气的事务所。窗户玻璃上的企业名早已脱落，蜘蛛筑巢织网都到了天花板。漏水，窗框歪斜，荧光灯破裂也一样不少。

这家事务所好像并没有在营业的样子，也不知经营者是怎么想的？可能是事务所的主人觉得自己有着一亿以上的融资很拉风，因此不屑于经营业务吧。

事务所的持有人叫上芏丞，手段高明，能够洞察到各种错综复杂的事件内幕，是一位职业侦探。

*

扶琳一边喝着罐装啤酒，一边瞥了瞥事务所的情况。

再简朴不过的房间。狭小的接待空间里放着一张钢制的办公桌。接着是厕所和洗手台，还有一台二手的旧冰箱。

除此之外，书架倒很是显眼。晦涩难懂的学术书，文学以及艺术方面的书，世界各国的新闻杂志，还有漫画。杂乱繁多的资料书满满地并列在一起。眼前如杂食一般的书堆，就是这个男人广泛知识的来源吧。

尤其引人注目的是，占书架十分之一的灰色文件夹。

在那之中，应该汇集了古往今来地球上各种各样的奇迹现象。

"不对……"

在办公桌上滑动着圆珠笔的侦探，不满意地发起了牢骚。

"这不是我该做的工作，我的推理能力不是为了回想起借款对象而发挥的……"

扶琳吐了一口啤酒里的碳酸气体。

"前一刻还是鼾声如雷的人在说什么呢。不管什么能力，不使用就毫无用处。刚清醒的头脑稍稍需要一些训练，不是吗？"

"那不是因为怠工而睡，午饭后的小憩是为了提高工作的处理效率。"

"所以说，不管怎么提高处理效率，关键的工作不存在，那就是白搭。好了，用你那效率提高了的大脑完成这份罪孽深重的名单吧。搞定了的话，再去锻炼锻炼身体，去车站前发一下事务所的传单……"

扶琳从沙发上站了起来，拿起了办公桌上的事务所传单。她注意到了上面并列着的显眼文字。

"助手招募？注意一下，上苙。这份传单定稿了吗，印刷上有错误呀。"

"那个啊。果然作为侦探还是想要一两个的助手呢。比如像现在这种时候……"

扶琳的嘴巴惊讶地张成了圆形。

"你……这家伙，可是身负一亿债务的人，你还想雇助手？你借来的那一个亿，一亿的现金都打水漂了哦。现在连下个月的利息都危险了，哪还有钱发工资？"

"工资……啊，工资啊。工资呢，你看，其实如果有干劲的话，可是非常赚钱的哟，按件计算……"

"按件计算！"

扶琳想冷静下来，嘴里含着啤酒却喷了出来。黑心企业的鸡汤广告吗？连黑社会出身的自己都要说一声"真黑"，可见这个男人的恶毒相当让人蔑视了。

"事务所实行按件计算的薪酬制在法律上会有各种各样的问题。所以至少要有最低工资的保证才行。你要是因为劳务问题被盯上，我的工作也很难做呀。话说回来，这么恶劣的雇佣条件，我也不认为能招募到有兴趣的人……"

就在这个时候，叮当一声，事务所的门铃响了起来。扶琳回头，在半开的门缝之间，黑发的年轻女孩小心翼翼地望进来。

手里拿着一张 A4 印刷品。

"啊，那个……我是看到了这份传单过来的……"

"真的假的。"

扶琳想也没想地翻了个白眼。而侦探则是在扶琳面前露出了一副"搞定了"的模样，得意地从办公桌前站了起来。他的脚步轻盈，张开了双手去迎接那位女性。

"哎呀小姐，欢迎光临！当然，只要有干劲和耐心，男女老少不问哟！每天上班的时间以及每周工作的时间，具体再谈。可能的话，周一就来也行——"

"啊？啊，那个，这里是侦探事务所吧？"

年轻女孩稍微有点困惑，她把伸出去的手收了回来。

"我有事情要来委托……"

——是普通顾客啊。

*

这位女性自称渡良濑莉世。

她看起来年纪在二十岁左右。刘海齐眉，一头黑色长发，身穿土壁一样的浅褐色上衣，化妆也只是稍微修饰了下眼睛，如果说装饰品的话，也就只有耳垂上敷衍地戴着的花瓣耳饰而已。对正值花样年华的小姑娘来说，稍微有些土气了吧。

侦探让委托人坐在了那块仅有的接待区域，然后准备了茶和点心。

扶琳总觉得侦探的视线是在乞求她送茶过去，但她一如既往地站在窗前大口畅饮着啤酒，置之不理。干吗除了借钱给他以外，还要做秘书一样的事情。

委托人不好意思地伸手接过了那杯茶。在那之后，她一动不动地似乎是想要观察什么，目光在侦探和扶琳两人身上来回流转。

"您是要委托什么呢？"

听到了侦探的问话，年轻女性突然红着脸低下了头。

"对、对不起……两位都长得非常漂亮。说实话，开始我还以为是不是自己弄错了，这会不会是模特事务所呢。"

关于他们俩的相貌容姿，差不多就是委托人评价的这样。

虽然败絮其中，但如人所见，侦探是碧眼肤白的美青年。似人偶般端正的脸庞，还有对于男人来说有些难以想象的香腻玉肌。他那双右边是翡翠色，左边却是湖蓝色的异色瞳，简直就像滑稽演员的装扮，让人觉得十分好笑。

只是这样就足够吸引眼球了，如同稀有的大熊猫。不知他发了什么疯还把头发染成了蓝色，手上戴着白色的手套，身上则穿着和正月里的红包颜色一样的红色外衣。在无论什么喜庆之事都偏好红色的中国人眼里，他的这件外衣实在没有福气可言。

这样说来，扶琳自己也具有被人称赞"容貌端庄"的魅力。只是身高和胸部的尺寸是不是有点过头了呢。再加上她怠慢了上天赐予的天姿，最近脂肪也多了起来，扶琳自己也在反省。

"那么，您要委托的工作内容是？"

侦探直接转换了话题。渡良濑一口气咽下了口中的茶水，视线落在了手边的茶碗上。

对方迟迟没有作答。直到扶琳已经多次将啤酒送进嘴里，委托人才露出了下定决心的表情，抬起了头。

然后，她用颤抖着的声音说道：

"那个，我——可能……杀人了。"

* * *

哔。窗外电线被风吹得直响。

……处理遗体的委托吗？

他瞬间这么想到。果然自己的法律意识还不够强吧。这是在大街边上高挂招牌的合法侦探事务所。即使不用冷静思考，也知道这种服务不在接受委托的范围内。

侦探完全理解了委托人的要求后回道：

"那也就是说……是这么一回事吗？你被卷进了什么杀人事件，但你没有自己犯罪的记忆。然后，自己到底是不是杀人了，你想让我进行推理……是吗？"

"是的……就是这种委托。"

"是你现在仍被牵涉其中的事件吗？"

"不……是过去的事了。已经过去十年了吧……"

渡良濑的视线看向了远方，视线落在了外面的电线上。

"当然警方的调查已经结束了。不管真相到底是怎么样的，当时年幼的我都没有被问罪追究。只是……"

她闭上了眼睛，风声在耳边清晰可闻，一时间只有沉默。

"我想知道，那个时候是不是真的发生了什么。"

过去的事件啊。如果想洗清冤情的话，去找律师不是更好。不过，这也倒还算是可接受的业务范围内。

——话说回来，真是奇怪的委托。事到如今再挖掘出那种既无利也无害的很久以前的真相，除了自我满足以外，还能得到什么。

委托人双手放在胸前紧握成拳头，不安地看着侦探。

"……果然很难吗？"

"不……在听到事情的详细情况之前，我还不能说什么。百年前的事件调查我也接到过。具体要看当时的资料以及相关人物的记忆保留了多少。"

"相关人物……只剩下我自己了。证据的话，大概只有警察那边的搜查资料了……"

"你能回忆起多少东西？"

"如果是各个场景，我都能仔细地想起来。"

委托人像是抓住了机会一般，目光里透出急迫的心情，马上就要进行叙述。

"该说是影像记忆……吗？总之记忆就像是分散跳跃的影像残留了下来。我在事件之后就开始书写日记，每次想起来什么都会详细记下来，只是最关键的部分完全遗漏了。医生说是事件的冲击造成的……"

"你是杀人了还是没有杀人——这部分吗？"

"是的。"

"但是为什么要选在十年后的今天……"

"这只是钱的问题……我从工作开始，就在积攒能够委托侦探事务所的资金，终于在最近——"

这时委托人像是明白了什么似的，从包里取出了一个信封。

"话说，这也会产生咨询费用吗？实际上这些差不多是我全部的存款了。如果不够的话，剩下的分期——"

"啊——不。只听你说话是免费的。"

侦探把信封还了回去。

"首先，我听一听你对事件的记忆吧。在这之后，我再决定到底接不接受你的委托。钱的事情回头再说。"

"谢谢……抱歉，不是什么有钱的顾客……"

不用这么坦率也没事，但对方还是诚实地低下了头。这真是相当谦恭的客人啊。

从她打开包的开口，无意间瞥到了她的银行存折。还真打算倾尽所有积蓄呢。有必要追寻已经过去了那么久的事情真相吗？扶琳虽然对委托人的心情有些难以理解，但是委托就是委托，钱就是钱。考虑到这间事务所的窘迫和生计，现在就算只有一日元的收入也很值得高兴了。

委托人把信封小心翼翼地装进了包里后，微微垂头。她像是为了让自己平静下来，不停地搓揉拇指。垂下的黑发，仿佛是一扇竹帘，将其侧脸隐藏了起来。

终于她抬起了头，表情悲伤地讲述了起来。

"那么，我来说明吧。那是我小学时候的事。那时，我生活在某个乡下的山里。"

* * *

——记忆里最清晰鲜明的是水车。

好像跳进去就能游泳一样，非常大的铁制水车。村子里流过的河水会在这里滴溜溜地转不停，日复一日，不曾厌倦地循环往复。如果是在晴天，那就缓缓地流转。如果是雨天，就会发出轰隆轰隆的声音，气势磅礴。

这个玩具到底是谁、为了什么而制作的呢？

少女感到不可思议，向旁边的少年问道。少年笑着出了声。

"这个呀，莉世——是用来工作的哦。"

"工作？"

"是的。拉小麦，运送大米，发电——"

"发电？"

"就是制造出电力。"

那之后的说明变得晦涩难懂，莉世也没怎么明白。年纪看起来像是高中生的少年，经常会使用一些她没听过的词。

总之，这个会转的水车是能够在哪里积蓄电力的构造。但是，果然还是很不可思议。为什么要发电呢。明明村子里没有电视，没有电灯，也没有电子炉灶。

"有冰箱哦。村子地处几乎没有风的盆地之中，湿热的空气容易积存。尤其是像现在的夏天，家畜的肉要不了几天就会腐烂。做干肉或者腌制咸肉也经常失败，所以冰箱这种东西怎么说都是需要的。莉世没有进过食材库，所以可能没有见过。"

居然还有冰箱什么的。莉世被吓了一跳。她原以为那种便利的东西全部都被禁止了。

"那么……可以做冰淇淋？"

"冰淇淋啊。照看猪和鸡是我们部组的工作，不知道鸡蛋能不能拿到呢。但是关键的牛奶和砂糖要怎么办呢……"

食材库的钥匙和食物的管理非常严格。就算是少年也不能随意带出来的吧。但是对莉世来说，少年能够这么认真地考虑她的问题，已经很开心了。在这个村子里，愿意听她的任性想法的只有他一个人。

就在那时，不知是谁叫了他们一声。在山丘之北的家畜小屋附近，大人们向着这边挥了挥手。

差不多该走了。少年一边说着，一边朝莉世伸出了手。她慢腾腾地牵住了他的手，依依不舍地看了一眼旋转的水车。

在这个村子里，大家几乎没有玩乐的空闲时间。休息时间只有午休一小时和就寝前的两小时而已，除那之外总是被交予某种工作。休息日也只是一周一天。

孩子和大人没有关系。虽然村子里的孩子只有少年和少女两个人。总之，"不工作就禁止吃饭"就是这里的新兴宗教团体"血赎"的规章制度。

＊　＊　＊

"新兴宗教团体？"

扶琳挑动了几下眉梢。故事越来越可疑了。

委托人不知是哪里感到内疚了，目光低垂。

"是的。您不知道吗？过去发生过某起事件，报纸上也刊载了。"

啊，侦探惊讶一声后点头。

"难道是'apolytrosis（"救赎"一词的希腊文）'。咦……渡良濑小姐，我记得那个事件的幸存者是……"

"嗯，就是我。我就是当时的那个小学生。"

"果然是这样啊。这么说来，刚才提到的高中生年纪的少年在那次事件里……"

"是的。如您的推测一样。"

其实只要有他们两人就够了。反正解开谜题的是侦探。但是像这样被排除在外的感觉可真糟。

"上苙。那是信奉危险思想的邪教还是什么？"

"说危险确实危险，但不是暴力性的邪教集团。非要说性质的话，不如说是温和的。说是亚米胥派和神道的融合什么的……"

"亚米胥派？"

"所谓亚米胥派，说的是遵守'以自给自足的方式生活'的新教徒的一派。"

侦探如鱼得水一般，显摆起了很少有使用机会的杂学知识。

"尽可能不使用电力和工业制品，还在固守着移民时期的生活方式。现在在美国的宾夕法尼亚州以及加拿大的安大略省等地区，还有很多信徒。不过最近也出现了使用智能手机的亚米胥派……"

大概是自给自足的可持续生活的终极形态这类的吧。扶琳也表示了理解认可。我还在想用水车发电，没有电视机，到底是哪个发展中国家的话题啊。这么看来，不是城市基础设施的不足，而是思想上的问题。

"当然亚米胥派本身并不危险，也没有什么其他危害，而是思想非常健全的集团……或者说，那种生存方式有很多现代社会可以学习的地方。

"但在这起事件里的教团'血赎'，只做到了对亚米胥派的'不接受现代技术'这一点的表面模仿而已。神道当然是日本的神道。能够把只有一神信仰的宗教与众神崇拜的神道融合起来，也是相当有本事了。这就是说，该教团是把各种教义拼凑起来的宗教团体。由个人创建的历史短浅的新兴宗教之类的，也算是见怪不怪的事了。"

总而言之，就是一个教义还算说得过去的组织。不过，好想知道他们信仰的是哪几个神呢。

"知道了。打断了你的话，抱歉啊。请你继续。"

委托人颔首再次开口。

* * *

她到这个村子来是在刚入小学的时候。

某天，突然被母亲告知"要搬家"，就跟着她们来到了这个地方。刚开始的那段时间，莉世记得自己每天都会哭，那时温柔地安慰她的人只有刚才提到的少年——堂仁。

他当时差不多是个高中生。和她一样都来自单亲家庭，也是被母亲擅自带过来的。

只是他的情况，可能和莉世又多少有些不一样。

"被拿着菜刀的母亲哭着哀求了呢……说什么是一起死在这里，还是去开始新的人生。不过我想逃走的话也是可以逃走的。只是不管怎样也无法抛弃她……"渡良濑在耳边回忆起了这段话。当然那时的她不明白那些话的沉重。不过，对于说出这番话的少年，她却感觉到了一种"大人"的气息。

可是，在这里真的能让人生重新来过吗。

在这个村子里，信徒的过去会被"消除"。彼此之间所知道的只有教祖赐予的"圣名"。探究他人的经历是戒律严格禁止的。现在想想，一定有很多人做过亏心事吧。某种意义上来说，或许那是类似于让犯罪者改过自新的场所。

自己的母亲到底背负着怎样的伤痛，她至今也不知道。

如同雨云天一般空气沉重的村子里，只有堂仁像太阳一样明亮温柔，而且他还很聪明。举例来说，村子里的水车坏了，少年就独自重新设计出了更结实的替换了它。好似魔女法袍的教团服从颜色上区分开了成年人和孩子。但他穿着未成年人的白色衣服，混在穿着红色教团服的信徒们之间，和其他人交谈议论的样子，看起来英姿飒爽，就像是洁白的天使不断地对屡屡失败的火之恶魔们说教。

即使是从小孩子的角度来看，这个不可思议的男孩子与村子并不搭配。总有一天，他会从这里出去吧。那种模模糊糊的预感从一开始就有了。

实际上堂仁确实考虑过很多逃走的方法。

村子地处山里，周边被高高的悬崖峭壁包围着。村里唯一一个被称作"洞门"的入口洞窟在东侧。但平时被大大的铁门阻断。除了每月数回的交易日之外，不常打开。

而且如村子里的大人们所说，似乎建村之时就在悬崖上布满了感知器。总之逃跑是很难的。某天莉世突然说到了这事，少年便向她大胆地做出说明。

"这村子确实和监狱相差无几。悬崖的高低差在三十米以上。岩石质地很脆，攀岩也行不通。因为村子里也没有令人满意的材料，梯子和高台都没法造出来。唯一例外的是，几近腐烂了的麻绳和网子虽然都有，但没有把它们延伸到悬崖之上的办法。此前，我试过用自制的弓把箭飞射出去，然而没有到达悬崖上。由于之前村子里起过火灾，因此建筑物或者栏杆之类的都用不易燃烧的石造物，或者金属制的东西代替了。就算是想做出大一点的梯子，也没有木材。即使宰杀家畜的慰灵塔和祠堂"鸟居"之类的是可以拿来用的木制品。但要是把它们拆卸了，不管怎么说大人都不会保持沉默的，而且慰灵塔连悬崖的一半高都没有。鸟居也只有勉强让大人通过的大小，无论哪一个长度都完全不够。此外也考虑过投飞钩爪之类的。手工制作的弓，力量非常不足。而且关于使用弓发射绳索到悬崖上的方法，以前有过想那么试试的信徒，教团方面为了慎重起见，采取了应对措施。所以悬崖周围的树木和常春藤都被采伐处理掉了，地面也是弓箭无法插刺进去的石膏，足够坚固。这里是恶魔岛联邦监狱吗，干脆不顾一切地撞向悬崖好了。就是如此绝望的情况。"

少女对这个监狱的事情不太了解。但是看到少年满脸明亮快乐的样子，笑着说出这些，她也被感染了，不由地露出了笑脸。

"但是肯定哪里还有逃走的方法。比如尽管食材的管理非常严格，但是村子里多少有一些渔用的爆破甘油炸药。用那个说不定可以制作出比弓发射得更高更远的道具。而且至今为止在设计等方面协助大人们所做出的努力有了成果，我好像也差不多要成为干部里的一员了。这样一来，我就可以加入"交易"的商队走出村子到外面了，然后把只有教祖和干部知道的感知器的位置情报搞到手。机会会不断增加。之后的问题就是母亲了，如果到最后都说服不了她，那时候只能放弃了——"

那样说着的少年的眼睛里却是充满了自信和希望。莉世觉得如果是他的话，一定会成功吧。要说理由的话，那就是他什么都可以做到。这么想的同时，她的内心涌现了一阵不安。

——那自己呢？

"莉……莉世也……也想和堂仁一起逃走。"听完少年的那番话后，莉世下决心似的开口了。少年露出了惊讶的表情。之后像是察觉到了莉世的不安，只是抚摸着莉世的头发，看着她的笑脸。

"当然，要带着莉世一起走。真是小傻瓜呢，你以为我会丢下你吗？"

面对这种回应，莉世立刻低下了头。嘴边不由地挂起了笑意。她觉得胸口像是被浇上了热水，好烫。真好。比起能够逃出去，比起其他的事，少年打算带自己走这一点更让莉世万分高兴。

话虽如此，但她对现在的生活并没有那么多不满。

村子确实不够便利，周围又是被高耸的悬崖包围着的地处深山的秘境。出入口只有一个被大家称为洞门的东侧的洞窟。

玩乐的时间或者道具都寥寥无几，有的也只是自然风光。能看到朝阳的西侧崖边的祠堂，还有旁边那条飞流瀑布，以及从这里直流向东的小河。另外水车小屋的旋转水车和青翠繁茂的田地，偶尔也会让她觉得很美。

除此之外，信徒们居住的宿舍，家畜小屋，还有教祖的居室兼食材库的建筑物，看起来都没什么意思。气候是冬天寒冷，夏天闷热，也没什么风，空气潮湿。不仅食物，连人的心绪都快要腐烂了。

但足够生活了。

村子里教祖加上信徒共有三十三人（孩子只有堂仁和莉世两人），但食物并不匮乏。这里有河有农田，还有豢养的猪和鸡，还不够的话，会在每月几次的"交易"日里由干部们到外面购买。堆积着要运出去卖的农作物的载货车，会拉着比去的时候多了好几倍的商品回来，这对莉世来说，像魔法一样不可思议。一定有人擅长做生意吧。

当然也有讨厌的时候。村里的大人们沉默寡言，总觉得有些阴暗。除星期日和特别的节日之外，每天都要工作。点心也几乎吃不上。食物的管理尤其严格，食材库在教祖的房间深处，而钥匙从不离身。之前教祖的房间在别的地方的时候，发生过信徒进入食材库偷盗的事件，自那之后教祖就谨慎了起来。

信徒从食材库取出食材的时候，教祖一定会当场对数量和内容进行检查。虽然有点吝啬之嫌，却也说不出口。

即使如此，每天能够在同一时间吃上饭，已经很值得高兴了。虽然过于安静，但是在人很多的大饭桌上也很快乐。工作也是，只要习惯了就变得容易。并且在公寓的房间里，放下工作一个人独处的时光还是不错的。

然后最重要的是，身边有堂仁。

＊

那是莉世一个人在猪舍清扫卫生时发生的事情。

不小心让一头猪逃到了猪舍外面。那时候堂仁恰好经过，在山坡上把猪抓了回来。到此为止都很好，但是，自己的诡计也顺便暴露了。

"话说莉世——这家伙怎么没有号码牌呢？"

村子里喂养的猪，都会用顺着数下去的号码代替名字的。一般来说，那个所谓的号码牌就放在项圈上的名牌盒子里，但是这只猪脖子上的盒子里是空的。

莉世胆怯了，她在沉默中把自己拿着的正方形金属板递给了少年。这是用类似数字钟表上那种的有棱角的数字，简单地在上面写上了"十二"。

"嗯？为什么把十二号的金属牌……"

少年把拿到的金属牌换到了一边，然后观察比较着莉世的表情。

莉世依旧沉默并低下了头。

"哈哈……难道是莉世换掉了猪的号码吗？因为下次要被吃掉的是这个十二号……"

莉世垂头丧气地点了点头。原本猪身上的号码没什么意义，不知怎么就形成了习惯，按照顺序来决定要吃哪一头。接下来预定要吃的十二号是莉世喜欢的，所以她想就算是稍微延后一点也好，把它的号码牌和其他的猪的替换时，被它逃走了。

"莉世很喜欢这个十二号吗？"

莉世再次点了点头。嗯，少年嘟囔了一声。他没有再追问下去，而是就那样将金属牌递还给了莉世。

"既然莉世那么在意它，替换一下放过它也没什么……但是到底有什么不一样呢？我觉得猪都是一模一样的……"

至此，一直紧绷着脸不发一言的莉世终于露出了笑容。对方是堂仁真是太好了。如果是只会说"戒律"的烦人的大人们，一定不会允许她这么做的，如果是母亲更是要敲打自己。

逃走的猪，被两个人用平板车运回了猪舍。之所以使用平板车，是因为那头猪不管是拉也好，还是硬推，它都一动不动。

与之相应，在十二号身上投注了感情的莉世，也因此知道了对方完全不喜欢自己而受到了打击。但是据堂仁所说猪是胆小的动物，所以稍微改变环境，它可能就会像石头一样动也不动。莉世的心情一定传达到了，尽管被少年这样安慰，但是在看到一边警戒地瞪着自己，一边用鼻子拱来拱去吃食的十二号，她怎么也没办法相信。

不过算了。莉世想到。能够回应自己感情的，至少眼前就有一个人。此外还有一头——

*

信徒们口中的"拜日祠堂"就在瀑布附近。

那是大概有西边悬崖一半高的自然洞穴，沿着悬崖的石阶登上去就可以到达。里面有"神龛"——奉献给神灵用以寄宿的御神体。隔了一扇门的深处岩穴里是挂着红布的壮观的"祭坛"，还有能让成年人勉强通过的小型"鸟居"。

这座祠堂是非常神圣的地方，所以平时是禁止入内的。只不过有一个人——每天负责更换祭坛的花或者供奉物的"巫女"是例外。

那个被交付了巫女之职的女孩就是莉世。

前面提到的猪逃走那天的翌日，早晨。

如往常一样，她来到了参拜祠堂，进行晨间的工作，却在入口处感觉到了人的气息。马上回头，朝阳下的逆光让她难以看清对方长相。

"——谁？"

于是人影笑着站在那里。听到那个声音的瞬间，她就明白了是堂仁。

"怎么了，堂仁？来这里是不行的哦，会被斥责的。"

"没事的。只要说莉世拜托我修理祭坛就行了。比起这个，莉世，你也是个小坏蛋哦。竟然偷偷喂了那个——"

影子一动，他抬手向莉世的脚下指了过去。

莉世顺着他指着的方向看去，只是地面一片昏暗，几乎看不到什么。短暂的凝视之后，只见她一副慌慌张张的样子，注意到了地上的小动物。

"——啊！"

她慌慌张张地将身子蜷成一团蹲下，将地面上的"那个"捡了起来，然后从她的手臂之间有一根小尾巴露了出来。

那是十分可爱的——猪崽。

被发现了。其实不久之前，十一号生了小猪。其中一只被莉世藏了起来并偷偷饲养着。

顺便一说，十一号不久前就已经病死了，幼猪们也没人喂养，大多都没有活下来。莉世把自己日常配给分得的脱脂奶粉分给了唯一活着的小猪做食物。但也因此，小猪发育不良。不过总算是让它勉强地成长了起来。

"不要说。拜托了，请不要告诉任何人。"

"不会说哦。"

"尤其是对我妈妈，千万不能说。"

"我说了不会告诉别人的。"

除了病死的十一号和这只小猪外，其他的猪无一例外都会按照号码顺序被吃掉的。所以如果健康成长的这个小家伙被发现了，总有一天也会被带上某个号码牌成为盘中餐。除了堂仁，这只小猪就是莉世唯一的知心朋友了。要吃掉朋友这种事，是她绝对不想见到的。

"不过莉世，这样的话，它很快就会被发现的。因为马上就要在这个祠堂里举行吃掉下一头猪的"祭神仪式"了……"

在莉世所在的村子里，家畜被杀后不会立刻拿去吃掉。要把肉先放在这所祠堂里，作为供奉给神的"供奉物"，在神把它的灵魂净化之后才会吃。

这个仪式差不多就要到了。然而，又不能把小猪带回宿舍。在这个小小的村子里，不管把它藏在哪里都会被发现。两人烦恼的结果是只能放在祠堂里。在祭坛的下面做一个隐蔽的空间，在仪式举行期间把小猪就放在那里。那也是少年的点子。虽然莉世很担心会被发现，但是少年表示灯台很暗应该没问题。

祭坛是二段式，正好被充满光泽又明艳的红布包住了。

高度正好到了莉世的背部。上段放置了漂亮的日本刀和刀鞘，并且装饰了被红黑布覆盖住的镜子，而下段则放着花瓶和膳桌之类的。莉世每天早上要更换的就是放在下段的东西。

刀是在"祭神仪式"上用来切开家畜肉的。作为装饰的这面镜子是纵向旋转的那种，前后平衡很差，稍微有点震动都会马上倒下。莉世在给花瓶换水时，镜子总是倒下，那时她还经常担心会不会破碎，紧张兮兮的。

虽然这个祭坛动起来会很糟糕，但是移开装饰的话，本体却意外得轻。

"实际上祭坛是聚苯乙烯泡沫所制……材料不够，所以为了赶得上时间就这样做了。果然使用这种反复利用的食品箱很糟糕吧。虽然如此，但教祖说只要洗过就没问题了。"

这似乎也是少年手工制作的。托他的福，很容易就把祭坛挪了起来。只是莉世在想这样会不会触怒神灵呢，她对此有几分担心。

之后在祭坛的下面挖出了一个洞，就把小猪藏在那里。小猪被放在昏暗的地方，也非常老实，既没有叫也没有其他的动作，看上去没什么令人担忧的。

最后把祭坛恢复成原样时，莉世忘了把布盖回镜子上，被堂仁注意到了。虽然不知道挂上布的理由，但总之还是要这么做的。然而挂着黑布的镜子总让人毛骨悚然。那块布要是桃色的就好看了。每次看着镜子，莉世都会这么想。

＊

就这样，早晨的工作和祭坛下隐藏洞穴的挖掘都结束了，两人走出了祠堂。

站在祠堂的出口，迎面就是如同大大的钻石一般的朝阳。西边悬崖上的"拜日祠堂"就如其名，是这个村子里每天最早见到太阳的地方。

莉世还挺喜欢在这里眺望的。

展望全村的自己仿佛就是鸟。

【参见 ◉村子的概略图】

首先，在祠堂的左手边有大瀑布和瀑潭。由瀑布形成的河从瀑潭开始笔直地向东流去，最后消失在了"洞门"里。朝阳出现在洞门的正上方，从祠堂这里看过去，仿佛是河水流向了朝阳。顺便一说，在洞门那里河被栏栅挡住了。所以，从河底潜水逃脱也是很困难的。

在这个祠堂的前方，也就是这条河的最上流，是前面提到的水车和水车小屋。

水车小屋是建在从这边看过去的河的左岸。从那再往左就是稍高一些的山丘，在途中还可以看到家畜小屋和家畜处理台。要说东西南北的话，在河的上流北侧，首先见到的是水车小屋，家畜小屋则是在更北的位置。

从这间水车小屋到家畜小屋之间是平缓的上坡路。两个地方是一条路到底。把河水运到家畜小屋时，莉世总是从这条路走过。对莉世来说，运水是最累的劳动了。

从水车小屋开始，河再稍微往下一点有座桥。桥附近矗立着的是用以祭奠被吃掉的家畜的"慰灵塔"。

更下游的地方则可以看到一个空虚漆黑的大洞。那是沿着河岸的"垃圾场"。

这也是在左岸的，也就是说在河的北侧，据说过去这里只是一口井，但不知在什么时候，里面的水就干涸了，洞也变得越来越大。

成年信徒里也有人用"那里是通往地狱的洞穴"的说法来吓唬莉世。但是堂仁说那里是由水井自然而然形成的洞穴。但是不管是哪种说法，它的幽深和可怕之处都不会改变，所以莉世尽可能地不去接近那里。

从那个洞穴再往下游，就是莉世他们日常生活的地方了。河右岸是宿舍和参拜大殿，左岸是教祖的居室兼食材库之类的建筑物。除那之外几乎都是田地了。

现在是夏天，一眼望去，田里绿意无限，非常漂亮。不过一到冬天，村子里只剩下了寂寥。当然一旦降雪，又仿佛成了虚幻之国。那时候天气寒冷，工作也变得痛苦，所以实在是没心情去欣赏风景。

*

莉世出神地眺望着远处时，少年开口了。

"你在看什么，莉世？"

莉世稍作思考后，直接指向了水车所在方向的慰灵塔。

"慰灵塔？"

"嗯。那些孩子们还没复活吗？"

少年的脸上露出了吃惊的表情。

"那些孩子……是指被吃掉的家畜吗？家畜是复活不了的哦。"

"为什么？'祭神仪式'会净化那些孩子的灵魂不是吗？然后会'复活'，教祖大人说——"

"教祖大人是那么对莉世说明的吗？那个……"

少年一脸苦恼地挠挠头。

"是这样的，莉世。首先得说清楚这里的教义，被净化后的灵魂没有一个是会复活的。能复活的只有成为'圣人'的人。"

"shengren 是？"

"是能够带来'奇迹'的那些人。你想一想，昨晚教祖大人的说明里也有吧，只要碰一碰就能治愈好疾病的'治愈之手'，还有头被砍了也继续在街上行走的'无首圣人'……"

只有……圣人？

这番话使得莉世受到了非常大的冲击。那是一种被狠狠地欺骗了的感觉。以前，莉世最初照顾的猪被吃了后，她伤心难过地哭了好些天，那时候教祖告诉她说"净化后的灵魂会再次复活"，她才抹掉了眼泪，不再哭泣。

那些全部都是骗人的——

泪花慢慢地模糊了她的双眼。少年慌乱地补充了一句：

"但……但是莉世不用担心。即使不会'复活'，受到了'净化'的灵魂也一定会去'天国'的。我是说真的。"

"……'天国'？"

"是的，天国。"

"天国是好的地方吗？"

"嗯。是非常好的地方。"

"比这里还好？"

"比这里还好。"

"那么，莉世也想早点去那里。"

"莉世还不可以去。还早呢，对莉世来说。"

少年慌忙地说出了这句话。为了结束这种对话，他从莉世身侧离开了。莉世是个容易寂寞的人呢，必须要多注意……堂仁嘀嘀咕咕的。

莉世擦掉了眼泪，跟在少年后面，往祠堂的石段位置走去。

自己肯定在哪里把教祖的话理解错误了。被吃掉的猪不能复活的事情给她带来了某种冲击，但能去"好地方"的话，莉世觉得自己应该高兴。可是知道这件事后，莉世觉得把猪吃掉越来越让人难以接受。只要想到，她总有一天必须要和原来的十二号分开，莉世的心头就涌上了一阵无力的寂寞感。

莉世在走下石阶的中途停下了脚步，回头看向了祠堂的方向。

"呐，堂仁。逃走时，带上那孩子一起行吗？"

少年再次挠了挠头。

"那孩子……是刚才的小猪吗？我明白了。也把它作为逃脱的一份子吧。慎重起见，回头测量一下它的尺寸和重量。"

就在那时候……

*

脚下出现一阵剧烈的摇晃感。当他们反应过来时，脚已经在石阶上滑了出去。莉世的身体被抛到了石阶外侧，像人体模型一样朝着地面滚了下去。

"莉世——"

是地震。在意识到这一点后不久，莉世整个人都撞在了地面上。从没有遭遇过的冲击袭入大脑。瞬间，莉世就失去了意识。

再次苏醒时，眼前是堂仁的脸。

"莉世！莉世！没事吧？拜托说句话——"

虽然想说没事，但是她发现自己无法顺利张口。抬起头，莉世朝着自己的下半身看去，右脚正向奇怪的方向扭去。不可思议地却没有痛感。

只是，比起这个——

她看向了堂仁肩后的光景，瞬间屏起了呼吸。

"堂仁！堂仁！"

"啊，太好了！意识清醒了啊！不要乱动，莉世，我现在来看下你的伤势——"

"快看！堂仁，快点回头看！"

她口齿不清地朝着自己所指的方向拼命喊叫。

"瀑布……"

堂仁终于向后转过了头。

在那里……

原先气势迅猛飞流千尺的景象，现在如同是关闭了水龙头一般，消失无痕。

* * *

"瀑布……干枯了？"

对于扶琳的插话，渡良濑微闭双目做出了回答。

"是的。可能是在地震的影响下，上游的地形改变了……"

大概是快要说到痛苦的部分了吧，仿佛是在墓前说话声音沉重了起来。

"瀑布突然中断，理所当然地水车也停止了运作。那条河是村子里唯一的水道，因此饮水也变得无法保障了……不过，山上有湿洼地。从村子稍微向外走一会儿，可以从那里打到水。只是……"

"只是？"

委托人吊起嘴角，脸上浮现了醒悟的笑容。

"教祖判断这是一种预兆。"

* * *

悲剧从这里开始。

首先教祖把之前提到的渔用爆破炸药全部用来炸掉了"洞门"，村子里唯一的出入口被堵住了。加上地震导致的"宿舍"崩塌，信徒只能根据命令暂住在了"参拜殿"里。进餐也只有晚上一次。

"完了。真的完了……"

面对一日之间就改变了的村子，堂仁不停地嘟囔着。莉世回想起了当时的场景。

"偏偏是最坏的情况。必须快点采取行动不可。还有什么能做的吗？有什么办法……"

在那一天，少年为莉世骨折了的脚绑上了"石膏"，并为她做了"拐杖"。哪一个都容易坏掉，所以要注意一些，少年这样叮嘱。但其实石膏在她跌倒时曾毁坏过一次。少年又重新做了一个，但莉世在那之后就不再到处活动，她和其他的信徒们一样，老老实实待在参拜殿里闭门不出。

瀑布干涸的几日后的晚上，突然举行了"最后的晚餐"。

村子里全员集合在一起，那夜到很晚还在喧闹。外面所有的柴火都在营火会上被烧光了，食物也很奢侈，面包也好，肉也好，多到吃不完。平时要抽签才能获得的猪蹄，这天却是一人一只。

打扮也可以按照自己的喜好来，莉世久违地美了一回。话虽如此，但也只是变了个发型而已。母亲没有帮忙，所以她在晚饭开始前的一会儿独自去了祠堂，用堂仁为她做的发夹梳了头发。

虽然辛苦，总算是让自己满意了。

晚餐上大家都把她当成公主殿下对待，无论是谁都不断称赞说可爱可爱，但只有一个人，那就是她的母亲，只是目光阴沉地盯着这边没有说话。让莉世觉得有些遗憾。

顺便一说，"最后的晚餐"上的猪已经进行过了"祭神仪式"，只不过莉世没有察觉。小猪则是被堂仁藏好了。不过原先的"十二号"到底有没有被吃掉，堂仁也说不清楚。当然只要去家畜小屋就可以知道，可莉世总觉得有些害怕，所以没有去确认。

自从瀑布干枯后，少年每天都会去外面做什么事情。

一直待在参拜殿里的莉世，不知道他到底在干什么。只是刚才她突然想那是在为"逃脱"做准备吧。莉世待在参拜殿里等待期间，一直战战兢兢的，又试图说服母亲一起逃走。但是没用。母亲如同石头一样不为所动，毫无反应。

实际上，在瀑布干掉之前，莉世就曾多次劝说母亲逃走。母亲也曾对少年的逃脱计划多少表现出了一些兴趣，但现在很久都没有回复了。瀑布枯竭后更是完全没有反应。就算是普通的谈话也不能进行下去。虽然在来到这里之前，母亲也有过这种情况，可这次更加严重。莉世看到母亲那种样子心情都变得阴郁了，有点厌恶。莉世把目光从那里移开了，专心地想起了少年的事情。

*

教祖的"被褉"是在瀑布消失后第几天举行的？莉世不大记得了。

第三天还是第四天，白天还是晚上……一直待在参拜殿里闭门不出，对时间的流动也没什么感觉。不过她记得教祖也参加了"最后的晚餐"的活动，所以大概是在那之后。

记忆中清晰地记得是红色的"护摩火"——还有服侍教祖的堂仁那一身白色教团服的姿态。

所谓的"被襖"，是教祖待在祈祷间三天三夜不出来的"被襖"仪式。祈祷间在参拜殿的更深处，是信徒修行或者冥想时所用的场所。

另外举行被襖仪式的过程中，参拜殿内会有很大的护摩火在燃烧。火里又投入了一些香料和草，大厅里充斥着烟和微甜的味道。不知是不是这个原因，她对那场仪式也不是记得那么清晰。

只是在她的记忆里，步骤就是下面这样的。

首先，信徒们待在参拜殿的大厅里，而教祖则是使用盛满水的大盆来"沐浴"。

这是赤裸全身接受水冲的仪式，平时的话会去瀑布。可是现在瀑布已经没了，所以改用了盆浴。水是从食材库里取出来的。

而且为了遮挡住教祖的裸体，"沐浴"需要在"护摩火"的阴影下进行。不过为了帮助教祖更换衣物，留下了一个信徒来服侍他。那份任务就交给了白衣的少年——堂仁负责。

沐浴结束后教祖再次穿好衣物，在少年的陪伴下进入祈祷间。祈祷间的门也是对着护摩火的，从莉世这些信徒的角度来说，看不到里面的情况。教祖和少年紧挨着走了进去，很快少年就独自一人出来了。他在里面停留的时间连一分钟都不到。

之后少年从外面把祈祷间锁住了，返回了大厅。有人在祈祷间里修行或者闭关不出时，根据他们的意愿封闭上锁是很平常的事情。

仪式到那时就结束了。根据莉世的回忆，对护摩火产生的烟雾只有十分呛人的印象。这个仪式的意义是什么，莉世也不明白。只是前面少年说过教祖进行"被袯"仪式的话，就是到了紧要关头的危险信号，想起这些，她就不由地多少产生了恐惧心理。

莉世想向回来的少年询问接下来会怎么样，但他直接越过大厅走出了参拜殿。擦肩而过时的外罩下，少年脸色发青，看起来毛骨悚然。莉世产生了某种不好的预感，她感觉如果深究下去会更可怕，所以就此打住，没有继续想下去。

*

之后过去了三天，教祖的"被袯"仪式结束了。

参拜殿的护摩火再次被点燃，莉世他们也集合了。和之前一样充满了甜味和白烟的空间里，干部之一的某个人确认了全员人数，接着像是要禁止外出一样，在出口的门上到处都贴上了封条。

在场的信徒全员正坐地排列整齐。不久，只有身着白色教服的信徒，也就是堂仁站起来了。堂仁独自面向祈祷间的门，打开了锁，并走了进去。他把教祖背着带了出来。

堂仁把教祖带到了护摩火前。教祖借着堂仁的手顺势在坐垫上面坐了下来。在那之后，少年回到了信众一侧。他坐在了莉世后面一列。此后很久都没有人出声，持续沉默。

再之后，教祖的轻声祈祷在四周响了起来。

为了配合教祖，周围的大人们都低下了头嘟哝着唱起了什么。莉世的母亲则冷冷地命令她"面朝下，闭上眼，一直咏唱祈祷词"，她也照做了。

没过多久，前方传来了"啧""啊""铛""啊"之类的沉闷响声。突然周围飘来了铁锈味。那种声音越来越近，马上就要传到莉世的耳边时，音量更高了。她越来越觉得难以忍受。突然，有什么飞沫喷到了自己的脸上，她反射性地抬起了头——

眼前是教祖手持斧头，砍杀信徒的身姿。

＊　＊　＊

扶琳吸了一口气，把烟吞进了喉咙里。

"……砍头？变得不正常的教祖对信徒进行大量虐杀？"

"不……这是某种'集团自杀'吧？"

对于侦探做出的结论，委托人一边点头，一边用简短的"是的"做出回应。

"集团自杀？为什么会因为瀑布干枯这种事情自杀？"

"这也不过是我从当时的报纸等媒体上得到的信息……大概是和教祖的'终末预言'有关系。"

"终末预言？"

"是'世界末日'的预言。在末世论里，主会再度降临并对人类进行制裁的'最后的审判日'，正是这个概念的应用。"

侦探从怀中取出了祈祷念珠在手里摆弄了起来。

"对神道来说，本来是不存在末世思想的，但自明治时代以来登场的神道系新兴宗教里采纳了这种论调的情况也有……这个教团……"

那个教团里也存在那样的'末世预言'，其中把'瀑布干枯'看作末世到来的前兆现象的记述是有的。然后正如预言所说瀑布枯竭了，教祖十分悲痛，不想让预言变成现实。"

"只是这样，就要自杀？不觉得本末倒置了吗？这才是就算搞恐怖活动也要让世界终结。"

"暴力是对外还是对内，取决于不同教团的性质。具有狂热信仰的礼拜教团里，穷追不舍把团员逼到绝路来实现集体自杀的情况也不少。圭亚那共和国琼斯镇的人民圣殿教；瑞士、加拿大的太阳圣殿教；美国加利福尼亚州圣迭戈的'天堂之门'——"

停止摆弄祈祷念珠，侦探的手肘顶在沙发扶手上，单手用手背托住了下巴。

"选择砍头的自杀集团，倒是很少见呢。就如扶琳早就了解到的那样，即使是熟练的职业剑子手想要利索地砍掉人头也是很困难的。其中没有完全砍断的情况应该也有很多。当然斧头一击致命倒也不奇怪。"

"但是……为什么是砍头呢？"

"我想那应该是教义的影响……"

面对侦探询问的视线，渡良濑颔首回答。

"嗯。好像是模仿圣人的死亡。信徒认为想要在净化后去往天国，需要仿照过去的殉教者的死亡方式之类的。只要是圣人无论谁都行……"

"原来如此。那么一般就会选择斩首。模仿圣伊拉斯谟的死亡方式就必须要用织布机把肠子扯拽出来。圣伊格那丢则是被野兽咬杀了。圣尤斯塔斯是被放到青铜公牛里炙烤而死——"

虽然扶琳一直觉得宗教和自己无缘，但对于基督教这样的一面，不知为何有种亲近感。说起中世纪的异端审判，人类的嗜虐性在东西半球基本没什么不同。

渡良濑脸色发青，用手抚摸着自己的脖子。随后她呼了一口气，似乎是为了转换情绪，伸直了背脊并抬起了头。

"接下来是——"

＊　＊　＊

自己大概是惊叫了起来吧。

但很快她又埋下了头。接着有什么东西从上方倒了下来，紧接着咚的一声落在了地板上。又有什么微微发热的液体如瀑布一般流到了自己的膝前和背上。

恐怕倒下来的是母亲的尸体吧。蜷曲着颤抖身体的她这么想着。

液体是红色的，但那到底是什么，又是从哪里流过来的，她都不知道。莉世只是蹲着，抽噎着哭泣。

有人抓住了她的手腕，然后强行把她拉扯了过去。莉世强烈抵抗，却在眼睛半睁之间看到了堂仁的脸，这时候她反过来哭着扑在他的怀里。

少年横抱起她，一鼓作气地朝着出入口的那扇门的方向跑了过去。

然而……

"等等！"

教祖的声音响了起来。莉世穿过少年的肩膀看到后面有好几名信徒追了过来。她想少年的脚步马上就会停下，但她听到了刀头扎破了纸的声音。啪！出入口的门被打开了。

外面的空气随即涌了进来。

破了的大概是门上的封条吧。逃出来后，少年马上就把门关闭了。暂时放下少女，他重重地放下了门闩。之后门里传来一阵阵咚咚的砸门声，但结实的铁门牢不可破。

莉世当场抽抽嗒嗒地哭了起来。惊吓，恐惧，再度惊吓。在梦里，周围的大人们仿佛都变成了奇怪的动物。

但是惨剧还远没有结束，突然把视线投向了周围的她停止了哭泣。

视线一侧，红色的火光蔓延开了。

村子成了一片火海。农田全部烧着了，火焰也逼近到了这间参拜殿，灰色的烟雾笼罩了过来。是为了防烟吧，少年用外罩包紧了脸，莉世也是一样。他再次以公主抱的姿势把她抱起，并把什么东西放在了她的腹部。随后两人朝着某个方向离开了。

莉世为了尽可能地不让自己吸入浓烟，憋着呼吸。即便如此她还是多次被烟雾侵入了口鼻。她被呛得意识模糊了起来。虽然隐约感觉自己在途中和少年有过一些对话，不知是不是浓烟的缘故，导致记得不是很清楚。就在他们这样前进期间，她完全失去了知觉。

再次睁开眼睛的时候，莉世已经身处洞窟中。

看起来像是入口处的方向，朝阳平射了进来。那道光让她知道了自己所处的位置——"拜日祠堂"——位居村子正西，是太阳最早升起的地方。

她撑起上半身，在刺眼的曙光下不由得眯起双眼。如在梦中，一阵恍惚。但之后莉世突然看到了前方的地面——

那里放着的是堂仁刚被砍下来的头。

＊ ＊ ＊

咳咳，扶琳比之前咳得更厉害了。

"……砍下来的头？"

"嗯……清醒过来后，在距离我不远的地方躺着的是堂仁的头和失去了头的身体……"

尸体的登场方式相当突然呢。就像是一种阅读到了缺页书籍的感觉。

侦探双脚交叉，弯曲的食指覆在了自己的嘴唇上，作出了深思的模样。

"那具尸体，真的是那个叫堂仁的吗？"

"嗯。我一看就知道了。不过最初并没有马上想到是尸体，总觉得他还在某个地方活着……"

委托人淡淡地说。这真是比想象中要更具冲击性的景象，从她开口的样子推测一下，恐怕不管是当时还是现在，当事人都没有什么实感吧。头和身体分开的时间点，没有"像是活着"的感觉，什么都没有。

"你自己没事吧？"

"是的。我身上连伤都没有，衣服也和之前一样。只是衣装被血染得通红。衣装是指教团服。"

"那是谁的血呢？"

"根据警察的调查显示，大部分是母亲的血。但是也检测出了堂仁君的血。"

"你怀疑那名少年是自己杀死的，就是因为血迹吧？"

"是的。尽管我不愿意那样想。"

渡良濑表情僵硬地点了点头。

"但是理由不止那一个。说起来除了我之外没有其他嫌疑人。当时村子里只有我们这些教团相关的人。进一步说，除了我和堂仁君，教团全员都被关在从外面上锁了的'参拜殿'的大厅里。

"在那里发现的遗体数量也是对的。也就是说在堂仁君或者我不把钥匙交出去的情况下，里面的人就出不来。就算是有人从里面出来并砍掉堂仁君的头，之后又回到了里面……那他也无法从外面把锁重新锁起来。"

"姑且来说，被你锁上的可能性也有——"

"我是共犯的意思吗？虽然不知道您这么说的理由，但从物理性上来说那是不可能的。参拜殿的门和门闩都是铁制的，且门闩是从上往下落的类型。门闩是在门把手下侧，但对当时的我来说是非常重的，根本无法挪动它一分。"

侦探的双色瞳眼睛里显露出一阵专注，似乎在琢磨委托人的证言，到下次提问之前他稍作沉默。

"村子里只有教团相关的人，这么说的根据是什么？"

"悬崖上有感知器。不管哪一个都是能够向悬崖下面传送无线电的生物感知器。感知器和单独运作的摄像机是一个组套，而且一直在录像。摄像机里有电池，还是那种把它丢在那儿不管也可以工作三个月的节能型。当然警察调查了那些录像，并没有外人出入。"

"在村子里有什么人隐藏了起来的可能性有吗？"

"救援队把我保护起来时，找遍了村子也没有发现其他幸存者。垃圾场的洞里也用绳索放下去的录像机调查完了。另外，这个洞穴深达六十米。是水井吗？地下水干涸后洞穴塌陷沉没，深不见底……"

真是深入细微之处的说明。这大概也包含了委托人对自身的检讨。虽然第一眼给人一种懦弱的印象，但又能感觉到她内在的强烈执念。想来也是，背负杀害亲近的少年的嫌疑，心中怎么也不能平静吧。

但是……是从外面上锁的房间……吗。

不同的人有不同的说法，也有把这种情况称为"逆密室"。

扶琳一边把屁股在办公桌上往后移动，一边哗哗地摇动着啤酒罐。

"那么——答案只有一个不是吗？"

是的，这都没必要多加思考。

"那是你犯下的罪呢。"

尸体一具，可能行凶的人只有一个。就顺其自然地得到解答了。

扶琳的这句话让委托人整个人都僵在了那里。"扶琳。无关的人不要多嘴插话。"侦探忍不住低声叮嘱她。事实上这家事务所用来运转的资金大部分都是自己融资来的，也不能说是无关的人，其实这里就相当于被她买下了。

渡良濑再次低头，头发像竹帘一样垂了下去。似乎在忍耐着什么情绪，她的双手紧紧地握成了拳头，之后一脸严肃地抬起了头。

委托人挑战似的瞪着扶琳，并用强有力的声调明确宣告：

"但是……就算那样……也很奇怪。我不可能……砍下人头的。"

＊

"这么说的理由是什么？"

侦探的声音微微提高了。翡翠一般的瞳孔里露出了好奇的光芒。

"是凶器。堂仁君的头……是被家畜小屋近处的'断头台'砍下的。"

"断头台？"

又有危险的道具冷不防地登场了。这个教团的真实身份其实是……在教团内部动用私刑的杀戮集团啊。

"是的。这也是由堂仁君设计的，杠杆式的……啊，不是给人用的，处理家畜时才会用到。"

——是这样啊。扶琳自顾自地点了点头。这样说来，前面是提到过"家畜处理台"。既然是饲养家畜自给自足的村子，有这种东西也是理所当然的。

"从断头台到遗体被发现的祠堂之间有数十米的距离。暂且不论头部，那具身躯对当时的我来说是搬不动的。"

"你确定少年的头是在那个断头台上被斩断的吗？"

"我确定。在台子上以及刀刃上都检测到了他的血迹。"

"虽然特地把血洒上去，然后伪造杀人现场的方法也有。"

"还有其他的证据。从堂仁君的遗体上，发现了深陷在骨头里的刀刃的碎片，是躯干一侧脖子里的骨头。"

渡良濑在这时露出了略带痛苦的表情。如果可以的话，这一段本来不想说出口吧。

侦探像是在担忧委托人，呼了一口气，稍作停顿。随后他微微缓和了一些声音才继续提问。

"那么反过来说，把断头台的刀刃取下来带到祠堂里，在祠堂里砍下了人头呢？"

"刀刃的重量在五十公斤以上。和躯体一样，当时的我搬不动。"

"我记得在家畜小屋那边有搬运家畜用的平板车吧。使用那个的话……"

"我想那也是不可能的。祠堂周围没有路，地面高低不平，坑坑洼洼，再加上想要往上去祠堂必须要登一段很高的石阶。我当时还拄着拐杖，又绑着很容易坏的石膏，下坡都不太方便。推动平板车实在是……"

"躯体不是四分五裂了吧？"

"嗯。被砍掉的只有头而已。"

事务所里再次陷入沉默。血迹啊，头骨啊，以及满口杀伐类的单词。与阴郁的对话形成鲜明对比的是，诱人午睡的舒适空气飘浮在周围。

扶琳摇动着啤酒罐，确认里面已经空了。

那么，越来越奇妙。用手捏着瘪了的铝制罐子，扶琳对那些话反复回味。这不是洗清冤罪之类的问题。这无疑是——

"还有一点，如之前所说，通过绳索和回转水车来拉扯回收断头台是不可能的。因为当时河水已经枯竭了……"

侦探露出了微笑。"王道的机械诡计呢——"

只说了这一句话，他再次沉默陷入了思考。

扶琳要去拿第二罐啤酒，朝着冰箱的位置走去。即使是这位侦探也需要时间来思考吗。这样的话，果然这是——

"那个……侦探先生。"

扶琳的手刚拿到啤酒准备收回时，委托人开口了。

"侦探先生……那个，这个事件您是怎么想的？"

"怎么想的是指什么？"

"因为很奇怪啊。可以说杀死堂仁君的只可能是我，但不管是遗体还是凶器我都无法挪动，偏偏这两者又是分开在两处的。这简直是——"

"怎么看都不可能的状况，对吧。"

侦探直接说了出来。对吧。扶琳默默地在心里表示赞同。果然，这是一种"不可能犯罪"。是看起来不可能通过常识性的方法来实行的犯罪行为。从某种意义上来说，到侦探事务所进行咨询是相当正确的做法。

但是侦探用冷冷的腔调继续说了下去。

"然而世间并不存在真正的不可能的状况。只是有某种误会或者有所忽略而已。这次也是——"

"忽略了……哪里吗。"

渡良濑以意味深长的腔调打断了侦探的话。

"……其他还有什么？"

"不，那个……与其说是事实，不如说只是假想而已……"

委托人不知为何红着脸，看起来有些支支吾吾的。假想？

"那个……有没有可能是堂仁君被砍了头后，把我抱到祠堂的呢？"

*

……什么？

不知不觉中她的脸上就露出了仿佛是恶棍对一般市民找茬的表情。看到那样的扶琳，渡良濑惶恐地将自己整个人渐渐缩成了一团。

"是、是吧……不可能的吧。对不起……请忘了我刚才说的……"

但是扶琳并没有感觉到委托人发言里的焦躁，反而不如说是着急。委托人你说了多么多余的话啊。在这个侦探的面前说出那种话……

"为什么你会那么想呢？"

啊啊，扶琳单手覆在了脸上。又犯病了——

"不，不是……我没有什么证据……"

渡良濑把头垂得更低了，依旧吞吞吐吐。

"只是，在被堂仁君抱往祠堂的途中，我感觉到自己抱了一个像是他的头一样的东西……"

"抱着头？是抱着刚砍下来的头的意思吗？而不是你紧搂着他的脖子？"

"啊，是的。我正好抱着一个像球的东西，就感觉堂仁君的头放在了我的腹部。不过抱歉，那种事情是没可能的吧……"

"那种事情是没可能的？"

仿佛是天上下鱼了一样令人惊讶的声音响了起来。

"为什么，你能这么断言？"

64　　/ 那种可能性早已料及 /

"唉？说为什么——"

委托人仍旧低头，但眼睛却朝上偷望，然后被吓得睁大了眼睛。侦探的脸比想象的要近，快要贴到眼前了。面对从桌子上探出身体凝视着自己的侦探，委托人有些胆怯，像是要退缩一样，身体向后仰去。

"为……要说为什么，那个……常识……"

"常识并非是一成不变的真理。常识是常识，请更加注重一点自己的体验。要相信你自己的所见所闻，那才是最原本的事实。丢掉一切先入为主的观念。"

"先入为主？那个，侦探先生？"

"嗯。什么？"

"侦探先生，那个……相信我刚才说的设想吗？"

"哈哈。信不信的……"

侦探淡淡地笑着，挥了挥带着白色手套的手。

"这还只是在讨论可能性的阶段。如果没有更详细的内容，即使是我也没办法说什么。验证从现在开始。"

"存在可能性的阶段……那个……虽然是我说出口的，但正如我刚才所说，我想这是很奇怪的主张……"

"奇怪？无头尸体走路的事情吗？"

侦探的双色瞳孔睁得圆圆的，歪了歪头。

"啊，确实，这可能脱离了世间的常识……但历史上也不是没有前例。无头之人的传说在世界各地都有，某些地方也有被斩首后继续活下去的圣人。比如说巴黎的圣丹尼斯——"

"请等等。您说的那些不是事实，只是故事里的事情吧。"

"所谓故事，就是奇迹。"

"所以说是'奇迹'的故事对吧？"

"嗯。是'奇迹'的记录。"

望着那两个人鸡同鸭讲的样子，扶琳一脸疲惫地伸出两根手指在太阳穴上来回搓揉。看这情况，多半是要往可怕的方向发展了。

*

——这名侦探出于某些理由被一种固执的想法迷住了。

那就是"这个世界上存在奇迹"的念头。

就算说他的侦探活动都是为了"证明奇迹的存在"也不为过。如果没有这个追求，他就只是个充满才气又富裕的男人。这个缺点扼杀了他除此之外的全部优点。而且，相信奇迹存在的时候，就等同于放弃了作为侦探的资格。

不过知道个中原因的扶琳，对于这个男人即使是受到了愚蠢的指责也依然固执己见，誓要雪耻的心情也不是不能理解。

*

侦探和委托人这两人之间，流动着既不是对立也没有友好气氛的奇妙沉默。

"那个……"

渡良濑略微低头，率先开口。

"侦探先生，您真的觉得是'奇迹'吗？"

"只是有那种可能，无论调查结果如何，都应该排除一切先入之见。"

"'奇迹'不存在的可能性，也有对吧。"

"当然有。"

"不是'奇迹'的情况下，也会得到其他的真相解释是吧？"

"将错综复杂的事实之线解开，弄清楚唯一的真实，就是侦探的工作。"

"'奇迹'也被包含在真实里吗？"

"'奇迹'是这世间最美丽的真实。"

渡良濑的视线落在了自己的双膝上，一时间陷入沉思。

扶琳一副喝闷酒的样子，将第二罐啤酒一饮而尽。原本应该是合法的工作，一下子就扯上了像是欺诈一样可疑的内容。这大概是受过科学教育的现代人无法想象的，非现实非合理的歪理词汇不断涌现的奇怪对话——

终于在扶琳把啤酒全都吞进肚子里时，委托人缓缓抬起了视线，朝着侦探行了一礼。

"我明白了。那么调查，就拜托了。"

*

之后侦探的调查非常迅速。

无论是委托人的日记还是当时的报纸纪实，就算是相关的书籍，甚至是警察的现场调查、记录卷宗等等，凡是能入手的情报，都想尽办法弄到手，并进行分析。结果就是，如下所示情况进一步明朗化了。

首先，在"参拜殿"的大厅里发现的遗体数量确实是三十一具。其中有三十具的头骨遭到切断，还有一具是在护摩火的痕迹里找到的被烧死的遗体。

根据现场的情况，可以推测是教祖先把信徒全员斩首，随后自己又跳入了护摩火中。另外，信徒中也有留下了在被斩首之前，使用过短刀自杀的痕迹的人，其中包括了少年的母亲。而少女的母亲则是完全被砍断了头。其他的遗体也是躯干和头分离的状态，被烧死的尸体只有一具。

除此之外，救援队是在集团自杀后，大约又过了两周时间的某一天才救出了少女。少女当时身体稍微有些虚弱，但还算健康。

但是少年的遗体有很大程度的腐败和损坏，除了脖子以外还有没有其他外伤，已无法准确判断。除了容易让肉腐烂的夏季因素，少女也曾紧抱过遗体，还有小猪的捣乱和啃咬等，作为遗体损坏的主要原因都在意料之中。除了脖子上被切断的伤以外，骨头并无受伤。顺便一说，为了避开腐臭味，少女最后那段时间离开了祠堂，在已经干枯了的那条河的桥下生活。

祠堂里有被运来的水和食物，勉强够少女撑下去。关于把食物运来的理由，恐怕是因为少年担心如果余震发生导致食材库坍塌，就无法再取出食物了，所以他预先移动出了一部分。另外根据少女的证言，前面提到的"小猪的隐藏之所"内，也有被塞了满满的水瓶和未开封的脱脂乳粉的袋子。据推测，在那里藏起水和粉袋，是担心小猪没有东西吃。

少女的证言里还说到，在那之后，除了那部分食物以外，家禽鸡也被她自己处理后吃掉了。在村子里，即使是孩子，也不会被特别对待，她似乎也多次独自杀过鸡。顺便一提，少女被救出来的时候，除了那只小猪，村子里没有任何家畜。

少年的血迹只从断头台和上面的刀刃，以及少年少女的衣服上检测出来了。

只是在"参拜殿"的大厅和"拜日祠堂"内存在检测遗漏的可能性。要说理由的话，那是因为在这两个地方血液的个别采集十分困难。

"参拜殿"的大厅里，信徒们流了大量的血，想要分析出单个人的血液不太可能。还有"拜日祠堂"，少女使用了祭坛上的刀刃处理过鸡，鸡血混进去后就难以检测出人血的可能性也有。当然对人兽混合的血液进行检查后没有发现人血。

进一步说的话，断头台这边也是，上面流了多少血量也无从得知。这也有家畜血液的干扰，以及在之后的风雨影响下把大部分血迹冲洗掉了。

所谓的"风雨"是指事件后发生的像是余震这样的自然现象，还有其他现场留下的痕迹带来的各种各样的恶劣影响，具体如下所示。

水车倒在了河边，大体上都已经损坏。被认为是受到那之后的余震影响，从地面到河边遭到震动崩塌造成的。而且全部都有被火烧的痕迹，从炭化了的木柱，没烧尽的麻绳等上看都有体现。柱子是从慰灵塔上断裂的。另外水车附近放置着搬运家畜用的平板车。

· 农田因为失火差不多都烧光了。参拜殿也遭受了火灾，只有外侧的门和墙壁被烧到了，内部没有被祸及。

· 祠堂的祭坛倒下并损坏了。这里坏了的理由不明。只是单纯的余震造成毁坏的可能性也很高。

· 教祖的起居室兼食材库的建筑物也崩坏了，里面的食材无论如何也无法取出来。这也被认为是余震的影响。

以上——

*

调查期间，扶琳为了让侦探能够得出正常的结论，不合身份地向上天祈祷。但是，原本就以唾弃上天的活法作为信条的她的祈祷，应该没有传达到天上的可能性。

不久扶琳的手机响了起来。当然是侦探打来的。从电话筒里听到了那道喜悦的声音时，扶琳心中不祥的预感更加强烈了。

"高兴起来吧，扶琳。终于，我的探求要迎来终点了哟。首先听一下我的胜利宣言。这个事件，谜题全部解开了——"

面对令人畏惧的结论，扶琳抱起了头。

"这是——奇迹。"

*

从接受委托那天开始，三周后。

在事务所里，侦探再次和委托人隔着桌子相对而坐。中间是很厚的报告书。扶琳坐在侦探旁边给手里的烟管点火，带着不吉利的念头看向了那捆纸。顺便一说，这次扶琳同席的理由是对后续情况感到不安。

"重新报告，渡良濑小姐。这次的事件是——"

一边将手放在了报告书的封面上，另一边侦探用隐藏不住的兴奋声音继续说：

"——是'奇迹'。"

虽然他在克制自己，但那只手正微微颤抖着。但他的反应在意料之中，所谓'奇迹的证明'是侦探多年以来的夙愿。此时过于欢喜，即使他突然全裸跳起舞也没什么不可思议的。

"即使您这样说，我一时间也难以相信。"

对此，委托人毫不客气地应对道。这也是正常的。用储蓄委托侦探推理的结果竟然说是奇迹，一般情况下就算委托人掀了桌子，乱七八糟地大闹一番也让人没话说。

"虽然明白你的心情，但这确实是真相。到你接受为止，我会尽一切诚意为您说明。首先这边的是报告书——"

侦探满怀信心地正准备进入正题，渡良濑却举起了一只手打断了他。

"就算如你所说，这次的事件是奇迹——"

她目不转睛地注视着侦探的眼睛。

"侦探先生要怎么让我相信呢？"

侦探稍稍露出了恍然醒悟的神情，很快两人的视线撞在了一起。

"我不是宗教信徒，只是会在红白事或年间活动之际，适当地选择参与宗教文化的日本人。作为这样一个毫无信仰，又无虔诚之心的人，为什么我能够相信神的奇迹呢？"

侦探一手轻抚下巴，慢慢向沙发的靠背靠了过去。随后他的食指按在了嘴唇上，仿佛像在做梦一般，眼神迷离地望着半空。

"把一切的可能性……"

"什么？"

"如果把人类认知范围内的一切可能性都排除的话，不就能说是已经超越了人的认知范畴的现象吗？"

侦探语调平稳地说。

"在梵蒂冈的罗马教廷里，有专门对信徒们报告的'奇迹现象'的真伪进行审查的名为'列圣省'的部门。奇迹在那里被认定时，使用的传统表达就是'被列为是超自然'。超自然也就是超越了自然的意思。如果能够否定一切自然和一切人为的可能性，就成了超自然。"

此时扶琳露出了如困倦的绵羊一般的表情。这一番说辞，是侦探在说明自己如何证明奇迹时的套话，她还是没有习惯。大概就像在听渣男为自己辩护时的感觉吗？

"那么，也就是说，想不到奇迹以外的理由就是奇迹吗？真是粗暴的定义，不是吗？"

"但是这说得通，符合逻辑。实际上用奇迹以外的理由无法说明，只能说是奇迹了。"

"虽然有道理，但……"

委托人句末含糊。所说的这些，她大脑里明白，但感情上难以接受。大概就是这种状态。

侦探稍微看了一下对方的反应，再次开口：

"当然基督教对奇迹的定义稍微崇高了些。圣经上描述的耶稣基督的奇迹是物质化或者治愈、预言、复苏，和同时显现等。梵蒂冈所认定的奇迹也是模仿这些。他们不仅说明现象的不可能性，也在寻求宗教性的意义——"

这时候侦探的手里有什么东西在发光。是纯银的祈祷念珠。像是又想起了什么，侦探一动也不动地将视线集中在了自己的手掌中。

"……但那是对所有现象'解释'的问题。对于不是信徒的您，我也不是要把强烈的宗教意识强加于您。只是在这个世界上，一定存在人的认知还无法触及的离奇现象，如果给这种现象命名为'奇迹'，如果说这次在你身上发生了奇迹——"

翡翠色的眼瞳里散发出的目光，贯穿了委托人。

"您就不用承担'杀人'的罪名了。"

渡良濑看着侦探，脸上露出了惊讶之色。那像是海苔一样的刘海下面，一双眼睛一眨也不眨地盯着面前的蓝发男人。

扶琳一边在心里担心，一边老老实实等待着她的回应。不管怎么说，只要委托人不承认这个粗暴的定义，就算是侦探也无计可施。

委托人神色复杂，盯着桌子上的报告书好一会儿。她像是在消遣似的，摆弄着自己耳朵上的耳钉。没过多久，仿佛是从喉咙里挤出了声音，她开口了。

"这起事件，对我来说是无论如何都必须要解开的谜题。"

抬起头，她的眼神仿佛是在哀求侦探一般。

"真的可以把奇迹以外的理由全部都否定吗？"

侦探的脸上浮现了一阵温和的微笑。他伸出一只手，像是抚摸婴儿一样，砰砰地敲打着报告书的封面。

"这里就有那份证明。"

渡良濑又盯着报告书片刻，踌躇之间，时间很快过去了。

之后，委托人像是下了决心一样，点了点头。

"……我明白了。那么关于报告书，请您重新说明一下。"

扶琳咳了一声，肩上那股无形的力量被抽离了。首先突破了第一阶段。可以说是不错的开头啊。

到了这一步，只能下定决心跟着侦探的节奏了。虽然对之后的情况感到极其不安，总之要想把船开离栈桥，就只能协助他使劲蹬了。否则像这样陷入泥潭的小船马上就会沉没。

话虽如此，归根结底是对方先说出的荒诞想法。如果是多少会相信一点无稽之谈的人，也不是多么糟糕的赌博。

而且委托人想要相信脱离现实的那种东西，也不是不能理解。如果事件是人为的话，她犯罪的可能性还会存在，如果是奇迹呢，那她就没有嫌疑。

也就是说从有罪的意识里被解放出来了。配合侦探得出的结论，或许对她来说也是顺水推舟。

只不过，那也好这也好，前提都是侦探能将所有的可能性全都否定。但是报告书那么厚，肯定准备了能将委托人说服的内容。这么一来，说不定能顺利地开展下去呢。

扶琳有些放心地想到。转眼之间……

叮叮当当，事务所的门被打开了。

"——还在做那种蠢事吗？你这个欺诈师！！"

*

大喝一声，如同破钟一般的粗犷嗓音穿透了屋子里每个人的耳膜。

扶琳想都没想，直接捂住了两只耳朵。窗玻璃被震得哗哗作响。

朝入口看去，一位面如阎魔、身材矮小的老人正站在那里。头戴旧式的鸭舌帽，身着明亮茶色的长外套。手里拿着的是一根槟榔树材质的手杖，这一身看起来就像是日本电影里所见到的明治大正时期的名士或者富商的打扮风格。

老人吱咔吱咔地进来了，很快站在了侦探的面前。他用拐杖支撑着前倾的身体，目光仿佛看穿了一切，怒视着蓝头发的男人。

"啊，这不是……"

侦探面不改色地看向了来客。

"……大门先生。"

似乎是认识的人。被称为大门的老人在鼻子里哼了一声，又用拐杖的金属箍重重地敲了敲地板。然后他又岔开了腿，使劲地挺胸向前，再次大喊：

"你别再妄想用谎言诓骗世人！"

扶琳再次捂着耳朵弯下了身体。从那矮小的身体里传来的是难以想象的大音量。侦探也伸手堵住了一只耳朵，痛苦地闭上了一只眼睛。如此临近，耳膜都要被穿破了。

"时隔许久才见，一上来就妨碍我营业吗。到底是对我有多恨之入骨啊。"

"你觉得老夫刚才所言是出于私人恩怨吗？真是小人气量啊，上苙。我可是在衷心地给你忠告。"

"感谢您的忠告，我记得大门先生已经从检察部门退休了吧。把我这样的人放在一边，享受余生不好吗？"

"我是很想这样做。但只要可恶的欺诈师还在算计善良的市民，作为曾戴着如同秋霜烈日一般严明的徽章之身，就无法在自己眼前放任这样的不义之行——"

老人一副东张西望，左顾右盼的样子。

老人找到了角落里的折叠椅子，随后他拿着拐杖勾住它，并往自己身边拉了过来。扑通一声坐下后，他呼地轻吐了一口气。

他面向扶琳说道：

"不好意思呐，小姑娘。能给我一杯茶吗？在外面走了那么久，喉咙有些干渴了呢——"

扶琳本能地抬起烟管，用烟袋锅朝着对方的头顶打了下去。恐怕自己是被当做侦探的秘书了，简直是能让人愤恨而死的莫大屈辱。

咳，侦探干咳了两声。侦探心知肚明，若无其事地将流动服务车拉到了自己面前，把电热水壶里的热水倒入了小茶壶里，亲自泡起了茶。

委托人渡良濑被眼前场景惊呆了。

"大门先生，今天来这里有何贵干？"

"当然是为了纠正这世上的横行之恶，彰显正义。"

"您这个年纪还能说出正义英雄的台词吗……心态真是年轻。"

他将茶桌上放着的茶碗递给老人。

"不过，我不是那个意思，为什么您会知道我的这次委托和奇迹事件有关呢，我要问的是这个……啊，是鲩告诉您的吗？"

"正是如此。无意间得知你私下联系了大学的后辈鲩，托关系从检方那里收集情报。老夫就从那里试探了一番。不过，不行呐，上芷。摆前辈的架子，却一分酬劳也不给，强迫本来就很忙碌的后辈给你做事。而且他也在为你叹息，可怜你还没能从愚昧的黑暗之中脱离出来。"

"鲩不是那种能做出洒脱比喻的人。请不要捏造事实了，大门先生。如果您继续这种让人不明所以的挖苦，我要告您妨碍我营业了哦。这可跟对方是不是原检察官没关系。"

"那么我就来告发你的欺诈罪吧。呐，那边的小姑娘。"

大门扭过了头，他把话题的矛头直接对准了委托人。那如同爬虫类的黑眼珠，目不转睛地盯着渡良濑的脸庞，随后他用拐杖的顶端指向了侦探。

"你真的打算相信这个谎话连篇的呆子嘴里的痴话吗？"

老人快速收回拐杖，再一次把它挂在两膝之间。

"我敢断言，这个男人所说的一切都是妄言。小姑娘，这家伙刚才是不是对你说过'能够排除人类认知范围内的一切可能性的话，那就可以说是奇迹'。"

大门高举起了那根拐杖，然后像是被怒火驱使了一般，他竭尽全力将金属箍的那头再次撞向了地板。咣！硬邦邦的声音在室内回荡。

"但是那种证明是不可能的。"

扶琳在心里稍稍咂嘴。突然风向变得奇怪了起来。

"所谓的一切可能性，换言之就是无限可能。那种东西就算是否定再多，也列举不完。也就是说，这个侦探所说的证明的方法论本身就是空论，只是画饼充饥而已。用这种漏洞满满的理论来蒙骗迷惑无辜的女性，以此敛财，这是何等厚颜无耻的行径。"

"未必需要否定无限的可能性吧。把思考后获得的可能性郑重地按场合区分开，自然而然地就能将事件的数据限定在一定范围内……"

"所以说那种区别场合之类的做法是不可能的！宇宙的森罗万象，不是我等凡夫俗子可以完全把握的。不论如何冥思苦想，归根到底，都是在释迦如来的掌心之上。如此就一定会有思考遗漏之处。"

"那么要不要试一试？"

侦探咚的一声，将指尖压在了报告书的封面上。

"就在这里当场验证到底有没有思考漏洞？"

咔嚓。空气里像是出现了什么看不见的裂痕。

——从这危险的气氛里观察到，两人过去多半有着相当的因缘关系。不过，一方是要证明'事件是人为犯罪'的原检察官，另一方是打算证明'奇迹'的侦探。两者之间的冲突显而易见。这不就是相爱相杀吗。

但是比起那些，扶琳满怀同情地看向了斜前方的委托人。问题是这位老人的登场会给委托人的心理上带来什么样的影响呢。希望话题不会朝着越来越奇怪的方向发展就好。

呼。老人重重地吐了一口气。

"你是说……试一试到底有没有思考漏洞？你明白吗，上苙。你现在正在提议进行一场形势对你非常不利的比赛哟。"

"大门先生才是形势不利的一方吧，害怕了吗？"

"虚张声势就算了。老夫可是苦口婆心地规劝你。不存在思考漏洞是不可能的吧。听好了，上苙，所谓的一切可能性，换言之就是所有的可能性！只要是有可能就行得通啊！只是可能性的话，不管什么样的奇怪观点都可以举证。比如只要是想到的有可能发生的事，无论那些多么荒唐的诡计都能提出，而你却无法全盘否定那些荒唐诡计的可能性！"

"不妨说正如我所愿。"

侦探靠在沙发上，露出了悠然的笑容。

"不管是什么样的荒唐诡计，就让我没有遗漏地否定其可能性给你看。"

扶琳在喉咙深处呻吟了一声。如她所想，事情朝着最坏的方向展开了。

大门目瞪口呆地张大了嘴。没过多久他像是要放弃发言，无力地闭上了嘴。

"老夫……真是没想到你会愚蠢到那种地步呀。上苙。"

没办法。

扶琳拿着烟管杆子朝着玻璃烟灰缸上敲打了一声。

"虽然两位相谈正欢……"

强行打断对话，怎么也无法让人忽略了。

"你们是不是忘了最关键的主角？首先处理好这位小姑娘的委托才是第一位啊。"

大门一条眉毛上挑。

"所以正在说啊。虽说是在营业，但以'奇迹的证明'这类形迹可疑的论法来欺骗这位——"

"形迹可疑不可疑是您那边随意的印象。"

扶琳不容分说地否定了对方的话。

"问题是这小姑娘是什么想法。现在可不是刑事审判呢。举个例子，如果能拿出让委托人认可的解释，那就是可喜可贺的结局。反过来说，只要委托人能接受，八卦也好风水也罢，是什么都无所谓。您不这样觉得吗？"

唔，大门咕哝了一声。

"这也有一番道理。但是——"

"而且最先说出奇迹的是她呀。也就是说，对她而言，也有相信奇迹的意愿。所以不管多么形迹可疑，只能用这个侦探的方法来检验奇迹了，不是吗？当然，如果您还有别的方法可以验证奇迹，也请告诉我们呢。"

"嗯……你想说的话我明白，但是啊——"

"委托费也是一方面。调查费是按日产生的呢。即使是由这边先垫付，如果您继续强行给委托人增加多余的费用，也会让人于心不安。所以眼下能先让委托人自行判断吗？如果她对侦探现在的做法没有什么特别不满意的地方，那就暂时先将委托完成。在那之后，荒唐诡计也好，笨蛋骗术也罢，两位就可以尽情地就你们的空想议论互掐了。"

扶琳一气呵成的言论打断了对方。而且，在奇怪的论点开始前，总算是把话题带到收取委托金的方向。虽然有点对不起委托人，但如果可以收回赊销货款，无头之谜也好，来自民间人士的目击证词也罢，全都无所谓了。

可是……

"我想要确认一下。"

果然没有那么顺利。

"无论是什么可能性都可以否定。侦探先生说过这样的话，我想要确认一下。"

扶琳向天仰头。万事休矣。

侦探露出了无畏的表情和架势。他爽朗地挠起了那如屎壳郎的翅膀般充满光泽的蓝色头发，满怀愉悦地开口了：

"决定了呢。那么大门先生，要在什么时候分出胜负？"

大门先生赌气似的捏住了帽檐，然后拄着拐杖站了起来，就那样走向门口。

"……三天。给我三天时间。虽然现在还不能说是荒唐诡计，但我会想出一个有可能实现的又很难被否定的诡计。如果能够否定，你就尽全力去否定吧。"

"那委托人呢？与渡良濑小姐的见面地点要重新定吗？"

"不需要。电话里说。至于对决的详细日期和场所，之后再联络。那么——"

随着听起来略微凄凉的拐杖撞在地板上的声音，老人消失在了门口。

*

扶琳从桌子的阴影暗处踢了一脚侦探的小腿。

"啊痛！"

装模作样，夸大痛感。这种程度算不上疼吧。事实上就像羽毛拂过一般的感觉吧。

"不要板着脸嘛，扶琳……委托人不就是这么希望的吗？而且就算被说成愚蠢骗术也没什么了不起的，这次的事件由三个谜题构成——也就是谁杀了少年？又是如何将遗体和凶器分开的？最后为什么少年会被杀？把可以解释说明的假说找出来，再进一步根据零零碎碎的其他情况和证据，进一步缩小范围。"

侦探搓了搓小腿，温和地对似乎已经安下心的渡良濑说道：

"啊，还有渡良濑小姐。关于调查费用，明天以后就不用支付了。您就当成是有趣的演出节目吧。"

渡良濑眨了几下眼睛，慌乱地低下了头。

"抱歉……让您担心了。"

随你便吧。扶琳随性地把穿着高跟鞋的双脚敲在桌子上，鬼知道侦探在嚷嚷什么。如今已经不是谈什么礼仪，追加费用的场合了。委托金能不能顺利到手都要看对决结果了。

如字面所示，难道是平日里行恶惯了吗，好像是受到了天谴。果然一次也没有去贿赂，惹怒了上天吗。扶琳绷着脸吸着烟管，唇齿之间像是喷火龙一样阴沉地吐着烟。把这烟当作是云，自成一派地占卜天意，但是烟的轮廓模糊，是圆是方难以断定。

吉凶莫测。哎呀。这之后出来的到底是鬼是蛇呢——

【注释】

① FX：即指 Foreign exchange, 译为外汇。

② 拶指：也被称为拶刑，用刑具夹住拇指以外的八根手指的酷刑。

③ 出自《圣经·新约·路加福音》（7:41-42）。

那种可能性早已料及

第二章

避坑落井

排水沟渠里的黑水上，枫叶漂流。

当前不是遍布落花而只是落叶成筏吗。

深秋已入，眼前的这条参道上铺满了无数枯枝落叶。霜叶红于二月花。如庭院盆景般的日本景色，自然是无法指望能像长江三峡那样的雄浑壮丽，但是红叶使人诗心沸腾这一点上都是一样的。

正沉浸在不适合自己的感伤之中时，扶琳呕的一声，像是马上要恶心吐了，迅速捂住了嘴。

"哦哟，怎么了扶琳。今天也是宿醉？连日来参加酒宴还真是奢侈至极啊。但是你也老大不小了，这种自甘堕落的生活也该适可而止，注意一下 γ-GTP 数值①之类的比较好——"

你以为是谁的责任，扶琳暗暗想到——

这种不过脑子的发言，不管是用中文还是日语说都会惹人生气。不管怎么考虑，自己昨夜醉酒的原因都是因为这个男人。好好的委托费被他弄没了，借款的利息也付不上。本来侦探的经济情况已经艰辛到了需要卖肾的程度，而善解人意的自己明明给他准备了救生船，他自己却非要去踩老虎尾巴冒险，真是无可救药。

为了让他明白自己所处的窘迫处境，不管伸出多少爪子都要把它拔掉——终于为了压制住心中的冲动，她的酒量逐日增加。

指定的对战场所是寺庙。

在东京都多摩地区，有一所有名的古刹，名为"深大寺"。距今已有一千三百年的历史，在关东地区是仅次于浅草寺的第二古寺。

深入枫树参道不久，侧面就出现了很短的石阶。穿过茅草顶的山门就到了院内。踏入院内，正前方能看到寺庙的正堂，有几个外国来的观光客，正稀罕地抱着相机拍来拍去。

大门穿着和三天前相同的服装，已经守在那里了。在正堂侧面的逐渐发黄的树根前，他背对着山门专注地盯着树梢向上看去。听到扶琳等人靠近的脚步声后，大门头也没回地开口了：

"真慢啊。你迟到了两分钟，上苙。"

侦探撸起上衣的袖子，看向自己的手表。

"按我手表上的时间是准时的。"

"你那是需要手动上弦的陈旧机械表吧。我这只可是取得了比瑞士的天文台表品质要求更严格的 QF 认证②。哪个更准确明明白白。"

大门慢慢地回了头。

"你的时间一直慢了哦。上苙——就像你的手表一样。"

这两人马上就展开了一场让人摸不着头脑的微型战争。顺便一提，委托人穿着轻便的大衣，脖子上缠了条围巾，站在扶琳的旁边。今天是工作日，但她特意请假过来观战，就从这点来看，她也是相当认真的吧。

大门似乎还打算再说些什么，可下巴动了动，他又立刻闭上了嘴，并且使劲地拉了拉帽檐。

"罢了。反正老夫说什么都是马耳东风。那么赶紧开始分个胜负吧，上苙。不过，在那之前，先去那边的净手池清清手，进入正堂参拜一番。虽说宗派不同，但终归是来到了人家的地盘，和主人打个招呼是应该的。"

老人抬起拐杖指着屋脊下的水井。

侦探的视线随之移动，点了点头，顺着老人的意思走了过去。扶琳和渡良濑也紧随其后。

*

侦探往功德箱里投了一点钱，深深地鞠了一躬。

一侧的渡良濑也照做了。扶琳也配合着两人，但没有放入香火钱。既然都没有贿赂过神，也没有道理去给日本的宗教团体布施。说起来宗教对于自己，它的价值就是方便给非课税的宗教法人洗钱。

回来时，大门已经坐在了一张折叠椅子上，好像是自备的。他把拐杖像刀一样置于两膝之间，傲然挺胸坐在那里的样子，仿佛是日本时代剧里常见的合战大将。

"在进入议论之前，我想先确认一点。"

大门提前叮嘱道。

"如之前所说，从现在起，老夫所说出的都是像傻瓜一样的街头杂耍诡计。但是上苙，你的反证必须要做到既彻底又认真。你明白吧？"

侦探颔首。

"不用您多说。"

"就算这边适当地使用了一些胡搅蛮缠的歪理，你那边也不能用诡辩对抗。你的反证必须要明明白白地基于事实或者证言。你要证明的不是'做过'，而是'没做'——就是通常所说的'恶魔的证明'哟。你真的理解这致命的不利条件吗？"

"当然了。"

"你过去用来驳倒我的手段，别想着这次还能管用。你以前的胜利全部都是因为由老夫来负责证明，才侥幸取得的。但是这次不同了，老夫不会再被现代法的精神束缚。不仅如此，这里可是连罗马法以前的'证明由肯定者负责，否定者坐等'这种法谚都不适用的法庭哦。在老夫登上辩护人坐席，屁股坐在椅子上，向法官控诉的那一刻，胜负就已经决定了。"

"不劳您担心。就算没有了罗马法，也还有《圣经·旧约》的摩西律法，以及《圣经·新约》的耶稣之福音。"

……什么"不劳您担心"。这边不可能不担心吧。

太过于操心，好像尿酸值都上升了。不管是罗马法还是摩西律法，扶琳都不懂。但是条件对侦探来说相当不利，这一点就算是对法律熟视无睹的她也明白。如果不能证明"没做"，那就是"做了"。如果那种乱七八糟的歪理行得通，送交商法啊，无凭无据的索要欺诈啊，要多少就有多少。不属于神之国度的犯罪者也能到天国了。

大门露出了一副同情的模样，深呼口气。

"好的……那我就什么也不说了。那么，从现在开始来反驳老夫所言的傻瓜诡计吧。正理自然而然地会在其中彰显出来——"

老人从椅子上站了起来，沙沙地踏过落叶，背靠着大树的主干而立。

"那么听好了。这次老夫的诡计构思灵感来源于日本的两位文学家。其中一位是和深大寺有缘的人物。身为诗人且是和歌诗人，又是童谣作家的才华横溢之人，他的名字是——"

老人压了压鸭舌帽的帽檐，眼光锐利的朝这边看了过来。

"——北原白秋。"

*

北原白秋？

扶琳侧了侧头。虽然对日本文化有一定了解，但是对文学等方面还很生疏。

"原来如此。《回忆》吗？'我的故乡是水乡'——"

如同朗诵一般回音缭绕，侦探引用了什么句子。

从那种口气推测，看来这是一位有代表性的日本诗人。"唉？

白秋……是那位白秋吗？"就连旁边的委托人也露出了一脸惊讶之色。

老人的嘴巴张得就像雨蛙一样大，笑了出来。

"那就是这次的提示，你能够推想出我的诡计吗？"

"所以说您的诡计已经考虑好了，大门先生指定深大寺作为对决战场的那一刻，候补的估计基本上就已经限定在了某个范围之内。"

"哦……也就是说现在的老夫逃不出你的掌心吗？想不到你还摆出释迦摩尼的架子——不，按你的信仰来说是"全知全能之神"的姿态呢。不过你现在骄傲的太早了，上笠。即使思路一样，但这种思路到底能深入到哪里又是别的问题了。"

大门的手臂在长大衣的披肩下面前后蠕动。可以窥见里面是深灰色的和服。老人从和服的袖兜里拿出了透明的袋子。

"但是在那之前，首先我们来把这次事件的概要和需要证明的事实整理出来。"

劈。袋口被打开了，大门从里面揪出了方形的茶色点心。点心表面印有达摩的图案。那是……瓦仙贝。刚才在参道那里的土特产店里看到过——

"本案发生在十五年前。"

老人一下子把瓦仙贝含在前牙下，咯嘣一声咬开了。

"地点在某县的山里，某教团设施内发生了一起集团自杀事件。教主和信徒总共三十三名，除了一名幸存者外，其他三十二人全部死亡——"

那像爬虫类的黑色眼珠泛着光，他在嘴里咯嘣咯嘣地嚼动着仙贝。

"但在这里出现了一种无法解释的情况。那名幸存的少女身旁发现了身首异处的少年的尸体，但被认为是砍掉少年头的凶器断头台的刀，却远离尸体在家畜小屋旁边。断头刀的重量在五十千克以上，以年幼少女的力气来说，想要挪动它十分困难。更进一步的信息是，除少女和死去的少年之外的教团全员的遗体，都在上锁的参拜殿内被发现了。而少女并没有打开过那把锁。这也就是说很难想象有第三个人移动了少年的尸体。那么到底是什么人，如何砍下了少年的头，又把尸体和凶器分开了呢？也就是说这次的议论重点是，要怎么说明这无法解释的'尸体和凶器分离'的状况。到现在为止有什么异议吗，上芝。"

"没有。"

侦探一脸清爽地回答。看着他那副若无其事的态度，扶琳稍稍焦虑了起来。装什么悠闲。在对手"万事皆可"的规则下，现在正呈现出压倒性的不利。就像日本的"横纲相扑"一样，这可不是晃悠悠地能从正面取胜的战斗。

真叫人没办法——扶琳无奈地行动了起来。

"等等。第一要点确实在那里，但还有其他需要说明的呢。"

大门瞪圆了的黑眼珠动来动去。

"你是指？"

"首先动机和理由是必要的。不管物理上多么有可能，完全没有说明动机的假说怎么也无法让人接受呢。少年被伤害的理由，被砍头的理由，少女在祠堂醒来的理由。也请把这些方面做出符合常理的说明。"

"老夫明白了。"

"还有，看似细小琐碎的地方，也希望您能说明一下。为什么平板车会放在水车的附近。被拆断的慰灵塔为什么会在水车的旁边燃烧殆尽。同样，麻绳是用来做什么的。少年测量小猪的尺寸是为了什么——"

"老夫知道。你以为老夫做了多久的检察官？"

"然后还有一条，少女会觉得自己'抱着少年的头'的理由。那个'头'究竟是什么呢。既然委托人产生了'无头少年抱着自己'的想法，所以言及那里也是理所当然的呢。"

大门嘴里哎了一声。抬手捏了捏帽檐前方的位置，唠唠叨叨地嘟囔了起来：

"……这也知道。但是怎么回事，这样那样的，姑娘的要求还真多啊。我可不记得什么时候转职成婚礼现场的负责人了呢……"

谁是婚礼上挑剔的新娘。

不知不觉，大门的喉咙里塞满了瓦仙贝，如同西西里岛的黑手党一样，遭到了沉默的法令制裁。算了。说到这个份上，他也只能进行全盘的布局了。只要瞄准机会就攻击他的立脚点即可。

无意间看到近处的侦探时，人家仿佛是看别人的事情一样晒着太阳。比起旁边散发着悲壮气息的委托人，那是何等闲庭信步般的悠闲。如果他是蛇的话，真想把他的皮剥下来做成三弦。

大门再次在袖子里咯吱咯吱地翻来翻去，这次拿出的是铝制罐装茶。他拉开罐子上的铝环，一口气喝了下去。鼻子下面的白色泡沫形成漩涡后散了。

"没问题了吧？那么差不多该进行假说的演绎了。这次老夫想到的诡计——就是'凶器消失的诡计'。"

＊

凶器消失的诡计——

如此言道的大门从刀鞘里拔出了刀刃。到底利钝如何？

"究其道理，犯罪方法只会有两种。也就是说被害者的头被砍了之后，断头刀有没有被移动过，遗体是否被移动过。如果是前者，就是'凶器消失的诡计'，如果是后者，就是'移动尸体的诡计'。老夫选择了前者。"

……当然根据物理性的考量，的确是只有这两个情况。尽管也存在尸体和凶器两者都被移动过的第三种可能性，但那样做的理由和好处完全无法想象。

可是……然后呢？

"首先说杀人现场，老夫认为少年是在祠堂被杀的。"

"那么证据呢？"

扶琳条件反射地问了回去，但马上就注意到自己的鲁莽。这个提问毫无意义。

"……姑娘，我觉得你应该明白，老夫没有出示证据的义务。"

大门一脸令人讨厌的冷静表情，仍旧慢悠悠地喝着茶。

"老夫这边只要提出可能性就够了。确实没有从祠堂检测出被害者的血迹。但是那里家畜的血太多，可以当是检测有所遗漏。这若是通常的庭审，因为'被害者的血迹没有从祠堂检测出来'，老夫的假说会因证据不足被撤销。但这次的胜负条件是'被害者的血迹有检测遗漏的可能性'，那老夫的假说完全可以被认可。这是你自己选择的修罗之道。上苙——"

是那样的——

这次的胜负里，对方只要找出可能性就行了。

没有必要一点一点地对事实进行严谨的证实。当然提出无视物理法则，完全没有一点根据的荒唐假说，就算再怎么主张其'可能性'也会被驳回。但是根据证词，书面材料等做出的犯罪事实推测，作为可能性是无法否定的。老人那边可以随便捏造"真相"。以那种强词夺理地列出龟毛兔角的高段位讼棍为对手，而现在却要从正面挑战对手，如今正是这样的立场。

打个比方，就像是要在抽老千的赌局中打成平手。根本没有胜算可言。

扶琳积郁于心，胸口堵着一口气。大门则一直保持着双手交叉抱在胸前的模样，之后紧闭双眼。

然后突然像是在吟诵什么诗歌一样，他小声哼唱了起来：

"转吧转吧水车。梅雨间歇之一日，至少快乐地漂浮呀——"

扶琳一筹莫展地抬起了头。什么啊？突然间干什么？

"这是北原白秋作词，多田武彦作曲的歌曲《梅雨间歇》的一节。"

先前提到的诗人名字出来了。到底这个诗人有什么诡计——扶琳瞥了一眼侦探的样子，那边只是一直静静地微笑。似是已经明白了的从容，又或者是单纯的虚张声势。

"九州筑后地区的柳州，是水源丰富的'水之乡'，白秋就出生在那里。那里随处都是灌溉农田用的水车。深大寺这里又是惠水之地。现在也有著名的'深大寺荞麦面'，而在过去更多是作为荞麦粉的名产地为人所知，水车也用得很频繁。传闻移居到了东京的白秋，十分中意这所深大寺，一次次地前来拜访。水丰之地和故乡的影子重合了吧。'深大寺啊，若水丰沛，吾聆听入耳，早已清凉的瀑布余音缭绕——'"

话音在这里稍停，侦探仿佛是感觉到了不存在的溪流的水音，侧耳倾听。

"是的——关键是水车。上苙。"

老人第三次喝起了罐装茶。热气像是被从树叶的空隙间照进来的阳光吸收了一样，消失无影。

"子不语怪力乱神。反之则愚蠢至极。人力无法做到，那就用机械好了。所谓的人类文化换言之就是别出心裁的产物。使用工具，运用智慧，不管怎么不可能，都要把它变成可能的。只有像这样历经克己的过程才是真正的人类所为。所谓人类，就是要克服困难，从而成长的生物。你不这么觉得吧，上苙？"

咳，扶琳半睁着眼睛，小指挖了挖耳朵。总觉得从刚才开始，这个老人的话就全是说教，烦得不行。无论对方说什么，侦探都像是在聆听垂训，但是以她之见，想要把这个侦探的想法矫正过来，就如同要把鸡变回雏鸡一样，为时已晚。

"也就是说利用水车回收断头台是吗？"

扶琳再次代替一动不动的侦探发问了。

"把这冗长啰嗦的开场省略，得到的却是这样无聊的答案。首先，那种情况早已被这边否定了。因为当时瀑布干枯，水车已经无法转动，连这么简单明白的事实都没有注意到，您是不是年老昏聩了呢？"

明知老人不会无故发言但自己也不能沉默。

但是老人对她的挑衅不以为意，这次将视线投向了近旁的渡良濑。

"话说回来，那边的小姑娘，刚才那首《梅雨间歇》的歌词有没有哪里引起你注意的？"

半张脸埋在围巾里的渡良濑，像是钟摆一样不断摇头。

"让我在意的重点……吗？不，并没有……"

"是唱出来的'转吧转吧'的部分。你不觉得不可思议吗？为什么不是'转啊转'，而是'转吧转吧'——"

"啊……"

渡良濑像是领会了其中的含义一样点了头。

"这么一说，是有一点奇怪呢。给转动的水车鼓劲的话，一般会说'转吧转吧'。也许……把小河拟人化了呢？是不是人们对着小河下达命令，让水车'快去转吧转吧'的意思呢？"

"不是。'旋转'这个词说的是人类。这句歌词的视点人物是把'水车快点转起来'用来激励自身的。"

"自己让水车转？河里是没有水吗？"

"'故乡柳河是水乡'哦。所以是像这次的事件一样河水干枯了。"

"动起来的水车靠人转动的话，要是被卷进去了不是很危险吗？"

"水车通过河水转动的话，也一样啊。"

渡良濑瞠目结舌。扶琳也有些发呆。这难道不是老年痴呆恶化了吗？

"……嗯，年轻的小姑娘想象不出来也没办法。"

大门的表情缓和了几分，嘭嘭地又在嘴里嚼起了仙贝。

"其实啊，小姑娘。以前用的农具水车大体上分为两种。一是普通靠水运作，利用水压旋转给作物脱谷的动力水车。另一种则是靠人力蹬踏来旋转，打水上来的扬水水车——也就是所谓的'踩踏车'。"

＊

踩踏车？

这也是第一次听到的词汇。通过踩踏旋转这种说明，总算是想象了出来。

"刚才那一节简直就是'踩踏车'转动时的样子。顺便一提，踩转水车的不是农民，而是在村子里巡回演出的演员。为了给戏剧做准备，拼命地踩着水车把积滞在观众席的水抽干。踩踏车的使用方法是用脚踩踏着水车的机翼让它旋转，机翼会把水打上来。也就是说和普通的水车相反，是运作水车抽取水的点子。"

果然和想象的一样。那种逆转的想法很有趣。可——

"可是，就算如此又能怎么样？"

扶琳抓住空隙就马上催问。

"即使那样，脚骨折的少女依然无法操作水车的事实还是没变。难道说只用腕力也行？尽管您说过拒绝怪力乱神，现在却要说怪力少女吗？"

大门仍旧一脸悠闲，将罐装茶放在嘴边喝了下去。

"呀，真是喜欢逞强的姑娘。关于那点我现在就开始说明，先把老夫的话听下去……那种'踩踏车'啊，现在基本上都没人用了。因为一台电动水泵就全能搞定。但是，与那玩意非常相像的机械的话，你们年轻人倒是经常能见到。没错，就是健身房里常备的跑步用的机械，通称'跑步机'。"

"跑步机？"

时代仿佛一下子跳跃了百年。这个老人，表面像是旧时代遗留下来的老古董，却意外地能抓住潮流啊。

"跑步机原本就和这种踩踏车是一样的原理。只是跑步机器的原型不是来自农业，而是刑罚方面。起源自十九世纪的英国，曾被当作刑具用来体罚犯人，具体来说就是在踩踏车上不断地行走。

顺便一说，戏剧《莎乐美》的作者奥斯卡·王尔德也受过这种刑罚。奥斯卡·王尔德因为和年轻的情人阿尔弗莱德·道格拉斯之间的断袖之爱而遭到了非难，被对方的父亲起诉了。那种监狱生活使得他在出狱后，就像是从人间消失了一样隐没于世。如此剥夺他人尊严的酷刑在今天，却被当成维持健康的手段来使用，还真是够讽刺的……"

老人抬头看向天空，在阳光的照射下眯起了眼睛。

"话虽如此，所谓的'treadmill'的英文名称也是来源于农业。'tread'是让牛马等动物走动的意思，'mill'则是指磨粉。欧洲以前也有用脚踏车代替水车或者风车的习惯，使用动物磨粉的事也很常见。也就是让动物取代人踩起踩踏车——"

这一刻，扶琳终于明白了大门所作出推理的落脚点。

用动物代替人。

"这也……也就是……说家畜里的猪……吗？"

渡良濑的声音里夹杂着惊讶。老人点头。

"正是如此。小姑娘。那个教团自给自足也养了猪。少女——

即幼年的你，你用猪转动水车，完成了断头刀的回收。"

*

利用家畜转动水车——

扶琳抬起了头，以一种无法形容的心情望着天空里好似羊群的卷积云。离奇是够离奇的，但也不至于被打了个措手不及。推理小说里利用动物的诡计的事例有很多。不过——

"……村子里是养了猪。但到事件当日为止，没法保证它们还活着啊。"

"说了多少次了，这里不需要那种保证。老夫只说明它有可能存在就行了。"

"还有那个'最后的晚餐'，从'最后的'这三个字来看，家畜在那时就被杀光了。这么考虑不是比较妥当吗？"

"当然妥当。然而，这也不过是假说的一种，无法成为反证。"

老人仿佛是石狮子一般纹丝不动，凝视着天空的云彩。

"你们的反论是不是事实需要证词作为支撑。如果那边的小姑娘可以提供'猪全部被吃了'的证词，就可以否定老夫的假说了。但是很遗憾，她在'最后的晚餐'之后，并没有去家畜小屋确认过。关于剩下的猪的数量没有任何发言的余地。"

警察的调查书里没有提过有活着的家畜。

但是……也可以理解为家畜是在事件后死亡的，或被杀了。如果尸体被烧了又或者是腐烂了，就难以判断死亡时间。话说回来，警察也没有理由把重点放在家畜的尸体上。所以从那条线来说，想要否定家畜的存在是很困难的。

"不过，在你的假说里认为是少女做的这些，是这样的吧？那么，那种记忆怎么也……"

"少女说过她把事件的关键部分的记忆遗漏了吧。分离性障碍、逆行性健忘——被害者因为受到冲击而失去记忆的病症例子要多少有多少。当然关于那一点后面会补足。"

扶琳看向了身侧的渡良濑。虽然没有瞪人的打算，但不知是不是她天生的三白眼看起来比较凶，渡良濑的样子似乎是过于胆怯，哆哆嗦嗦地直摇头。

"对、对不起……我不记得了……"

扶琳稍微咂了咂嘴。不过要是那段记忆确凿的话，委托人最开始也就不会来委托了。所以那也是没办法的吧。

无可奈何。那么就从现实角度来动摇他才行。

"……那种方法，断头刀不会中途卡在其他地方吗？"

"那种可能性可以回避。暂且追加上'从河到祠堂畅通无阻'这句话。贴着干涸的河道拖动到水车处的路线也是直道。"

"就算到水车处没有问题，那么是怎么运到断头台那边的呢？水车距离断头台的发现地之间可还有一定的距离。"

"那也用水车，不过是方法的问题。比如，先从水车这里用绳索拉到断头台那边，穿过断头台的滑车。然后再把绳索拉回水车那里，同时把断头刀绑起来。接着把绳子缠在水车上，再折回到滑车那边。如此一来，就能把断头刀拉回到断头台吧。沿着从水车到家畜小屋直行的话，一路畅通无阻。"

老人一口气回答道。扶琳感觉到了渡良濑的视线，对方多少萌生了一些对这边的不信任。

"归根结底，猪真的可以转动水车吗？猪爬上水车让它转动什么的，只有踩球的那种杂技才能做到吧。"

"所谓的踩踏车又分为两种。从外面让它转，或者从里面。就像仓鼠的旋转轮一样，猪进到水车里滚动也不是那么费劲。结实的铁制水车的话，还是可以支撑猪的重量的。"

"把猪放进水车的车轮里？"

"少女也曾有过'好想进去玩'那种表示水车够大的证词。而且若是设计水车的堂仁君的话，改造起来也很容易。"

"少年为什么要做那种没意义的改造呢？"

"有意义呀。为了让猪进入水车而做的准备。关于这点会和动机一起说明。"

扶琳的问题一个接着一个，却丝毫无法动摇大门。真是准备周密的假说啊。要不要就动机方面再试一试呢。似乎不管说什么，他那边都能解释。

那么……要怎么办？

前方早就阴云密布。扶琳一边尽力避免和委托人目光相交，一边玩似的在手里摆弄着半空中的烟管。虽然想抽一袋烟冷静一下，但这里似乎禁烟。当然自己也不是在意那种规矩的人了。不过，侦探会很啰嗦，她也不想引起警察的注意。因此在公共场所要对违法行为格外慎重，尽可能地留心。

她看了一眼旁边的侦探，只见他仍旧按兵不动。即使是这种情况，他也没有打算动一步的样子。

对于侦探的恬然态度，扶琳感到一阵焦躁。为什么没有任何反驳。不过先听听对方的主张，再一股劲推翻它，才是这个男人的风格。所以，也许是反击的时机还不够成熟。

这些本来就是委托给侦探的工作，她袖手旁观也行。但扶琳并不是能忍得住的性格。而且侦探从这份委托里赚取的委托费用是要还债给自己的。换言之就是自己的钱。用自己的钱下注的赌局，她没有理由熟视无睹。

怎么办？

要由自己挑衅试试吗？

"……退一百步讲，关于猪转动水车挪动断头刀这一点。"

扶琳一边谨慎用词，一边摆开阵势。

"为什么非要用那种麻烦的手段呢？既然能用猪带动水车运断头刀。那不如开始就直接用猪搬运这玩意。"

首先放下钓线，钓饵明显是明显，但在对话里撒下的鱼饵不怕他不咬。

大门一脸莫名其妙，微微挑眉。

"你现在的反驳意图实在让人有些不明白啊。姑且认为你的那种借口可以粉碎老夫的假说，但那不过是用别的假说代替了它而已。

还是无法成为'奇迹的证明'不是吗……"

扶琳那张扑克脸下面有些焦虑。果然钓饵过大了吗？

"……不过算了。顺便回答你吧。"

他咕噜咕噜大口地喝着罐装茶。

"听好了姑娘。你试着回想一下猪逃跑时的情况吧。他们是用了平板车才把猪带回来的。猪是一种非常胆小的动物，稍微感觉到一点不安，就会待在原地一动不动——少女就没能按照自己的意愿让猪动起来。也无法靠蛮力强行牵引，从下游的小屋里把它放出来只会被它跑掉，这就是你的遗漏之处。"

——起作用了。

"你刚才提到了好东西呢。"

扶琳在自己认为的好时机中射出了抨击之箭。

"正如你所说，猪是胆小的动物呢。细微的环境变化也会让它如石般硬直。那么胆小的猪真的能进入水车那么狭小的牢笼里，并且拼命转动水车吗？猪可不是仓鼠呢。虽然赌一下是无所谓，但以你的假说无法转动水车。有必要的话，可以找来一头猪和一台水车实际验证一下，费用你出。"

像是拿着一把小刀，扶琳握着空烟管朝着老人比划了过去。

这样如何。她窥探着对面的反应。实际上，在这种压倒性的不利规则下有效的战术只有这个了。挑毛病。利用对手的言行将计就计，出其不意地戳中对方不完善的地方。

对手总以无数的可能性作为盾牌，不管说多少都能被他逃开。

因此追究事实的真伪很困难。那么抓住对手话里的漏洞，用他也承认的事实来反驳。这是目前最好的办法。

然而……

大门的表情却没有什么变化。

不久，哈哈哈哈，老人张大了嘴，抖动着肩膀，似乎是笑到肚子疼。

"哎呀。是这种发展吗？姑娘……"

一阵发笑后，老人拄着拐杖，从扶琳和侦探之间穿过走向了院内一角的另一处地方。

净手池在别的地方也还有。这里还有白烟悠悠地上升的巨大香炉。老人面向了那里。扶琳等人追了过去，看见老人从袖子里取出了什么东西。是线香和火柴。他点了几根线香供奉在了香炉里。

"你来挑老夫的刺，真是年轻。但是那种战术就老夫所知道的也有上百种了。你以为老夫和上苙交手多少年了。老夫从不构造那种温和的理论……"

大门再次插起火柴，点燃了新的线香。

"确实，姑娘你找到了好的方向。猪真的会如我所愿动起来吗？这次最让我恼火的就是这里。如果是上苙的话，大概会点出这点不足，而且很难防御。用鞭子抽打的话，水车的外槛会成为障碍，用长枪之类的刺它，又会妨碍水车的转动。如果是诗歌里的猪，在它眼前放上饲料，或许它就能一直让水车转动了。但现实里的猪要学习一下，所以不会那么方便顺利。说实话，眼看老夫就要放弃这个假说了。"

又点燃了一根火柴，这次他没有靠近线香，而是像炫耀火柴似的把那抹火苗朝向了扶琳等人。

"这台水车……"

火苗在风中摇曳。

"是铁制的。直到注意到这点……"

这时扶琳突然就明白了。

火柴——火——铁制水车。

难道——

"如你所想，姑娘。"

面向火柴上的那抹火苗，大门露出了挤满皱纹的笑容。

"代替鞭子的推动力是火。少女为了回收断头台，火烧铁制水车通过火烤让里面的猪行动起来。家畜里的猪，铁制的踩踏车，火——这三种神器完成了老夫的诡计。就把它命名为'烤猪踩踏车'——"

*

——嗡的一声，眼底深处红莲焰火摇曳。

有什么记忆从大脑深处苏醒了。赤红之火。烧热的铁。悲鸣不绝。惨不忍睹的极火之刑下的牺牲者当然不是什么猪。

"冈本绮堂作品：《半七捕物帐》——"

仿佛是遮盖了她的凄惨记忆，老人的说明继续了下去。

"江户的捕吏半七老人作为侦探的、大正昭和初期的侦探小说杰作。这其中有一篇叫作《三河万岁》的短篇，里面描述了一种让猫配合三味线的声音跳舞的技艺——'猫舞'。虽然是江户时期存在的杂技，但训练方式则是相当残酷啊。在火盆里烧热的铜板上吊着猫。猫被烫到就费劲地跳动四肢的样子，看起来仿佛是在跳舞。"

唉，渡良濑再次捂住了嘴。

"把猫……用火盆？这是多么残酷……"

如果假说是真的话，自己竟然做了更残酷的事情，毫无自知吗？

但是……残酷吗？

扶琳回想起了用不到的知识并且笑了。过去曾被金军绑走的北宋皇帝宋徽宗和宋钦宗就曾被扮成过狗，被迫在烧热的铁板上走来走去。殷商时期的妲己和纣王设计的，让人在烧热的铜柱上面走过去（或者是抱住铜柱），被称为'炮烙'的刑罚也是作为火刑的有名例子。

在西班牙的异端审问会上，会让人坐上用火盆加热的铁制椅子。因罗马皇帝的仇教诏令，圣老楞佐[③]被放在烧热的绳索上烤炙而死。在日本的天主教镇压里登场的，把人缠上蓑衣后再点上火让其跳来跳去的'蓑衣舞'——如果翻阅人类的嗜虐性历史，富有创意的火刑事例也不少。

"避免被烧伤采取的行动，是在脊髓中枢神经的作用下不随意肌的弯曲反射。所以忽略猪的意识，强制性地让它跑起来也是可能的。

"从北原白秋到冈本绮堂——这两位名家的作品就是老夫此次的诡计蓝本。怎么样，上苙。即使是你，到了这一步也想不出假说的不合理了吧。"

——被干掉了。扶琳直率地想到。

这个侦探头脑确实聪明。但是性格太过温厚，也许想象不到"用火烤动物"这种事情。不如说这是自己的领域。扶琳心想在借酒浇愁之前，自己也该稍微看看报告书的。

带着几分懊悔，她侧目窥视侦探的样子。侦探那戴着白手套的右手覆盖住了半张脸。

扶琳吃了一惊。这个状态是——

忧思默想？

表示侦探已经进入深度思考状态的某种固定姿势。

为了挡住不需要的信息而盖住一只眼睛，另一只眼睛则就那样睁开，为了捕捉到看不见的东西。但是为什么，要在此时此刻？换言之这应该是侦探的"杀手锏"——

也就是说——到了必须要使用杀手锏的地步，大门的诡计已经超出预料了吗？

扶琳粗鲁地咂着嘴。所以说明明不该接受这种赌局的——

不过，事到如今再说这些也是无济于事。现在就算只有一点点时间也要争取，必须要给侦探更多的思考空间。

"……少女用火烧活猪，就我个人而言，相当喜欢这种恶趣味的视觉感受呢。"

扶琳叼着空烟管，似乎是为了将老人和委托人的注意力集中在自己身上，她上前了一步。

"想吃烤乳猪了。但又产生了很多疑问呢。说到底，少女不是很心疼猪吗？面对自己殚精竭虑养大的家畜，为什么能够做出那么残酷的事情呢？"

"也许是爱之深，恨之切吧。好吧。除了现在这个问题，少年被杀的理由，砍头的理由，还有前面提到的少年改造水车的理由。关于剩下的疑问，老夫从现在开始统一说明。个别回答会很耗时间也是没办法啊。那么各位请听好了。老夫对于这件事，大体上是如下考虑——"

然后大门开始描述起他的假说全貌。

＊

首先，少年从集团自杀的现场逃离后，直接把少女带到了祠堂。

跑到那里只是为了避开火灾的烟雾。少年打算和少女在那里等待外部救援。火灾的痕迹迟早会被人发现，这样一来，就会有人注意到教团里的异常。

要是说问题的话，那就是水和食材了。不知道是不是担心食材库会在余震中崩塌，少年事先前往祠堂运了一些。但是食物越多越好。可能的话，他还想有效地利用家畜小屋的猪和鸡，不做浪费。

然而以当地的环境来说，即使把它们宰杀了，肉也会很快腐烂。无法一次吃光，那就可惜了。水和盐也有限，无法采取腌制的方式保存那些肉。

在那时擅长工程的少年又采取了另一项措施。

发电。

只要确保了电力，冰箱就可以再次运作起来，可以用它来保存肉或者其他容易腐烂的食物。为此他改造出了前面所提到的诡计"烧烤猪踩踏车"。也就是说这个设置最初是用来发电的设备。

为了保存家畜的肉而使用家畜发电真是相当"鬼畜"的主意。不过那种时候也没心情讲什么人道主义。少年在集体自杀之前的数日才准备好了这个设备。顺便一提，平板车放在水车旁边是为了搬运猪。

然后，少年就陪在少女的身边，一起过上了等待救援的生活。

可是没过多久，就有一个问题摆在了两人面前。

那就是床上的小猪幼崽的待遇问题。

＊

"床上的小猪的待遇……"

或许是之前提到猫舞的缘故，她的神经越发紧张，渡良濑露出了过激的反应。

"难道是说……堂仁君要把小猪当作食物吗？"

"那种考虑也有。不过比那更大的问题是小猪的饲料要怎么办。除水之外也是，戒奶前的小猪比人更需要珍贵的营养源，需要消耗脱脂乳粉。它和人一样需要水和食物。只有水和脱脂乳粉的袋子被特地放到了'隐藏小猪的地方'，这本来是担心小猪吃不到东西。但是却发生了一件少年意料之外的事情，运过来的食物里有一部分不能吃了。可能就是祸不单行吧。总之，这样一来，伙食问题就严重了，然后秉持理性的少年想忍痛处理掉小猪。"

"但、但是……"

渡良濑面带苦涩，表现出了抗拒之色。

"堂仁君不是和我约定好了吗？他说过会连小猪一起带走。连它的尺寸都量好了……"

"有句话叫'说谎有时也是权宜之计'。另外事前测量尺寸也许只是单纯想知道它什么时候能戒奶。或是为了判断什么时候吃掉它合适之类的。"

"怎么会……"

渡良濑的脸色越发难看。

扶琳对小猪并没有什么同情的，但是对于无法反驳大门这一点，她感觉相当不愉快。然而作为可能性来说，又完全是可以成立的。

大门把剩下的线香全部都点上火，放进了香炉。

"虽然只是假说而已，不过根据状况和证据也是可以解释通的。可以了吗，姑娘？下面就是假说的后续部分——"

*

就这样，少年决心要处理掉小猪。少年总算是说服了少女，并开始准备杀掉小猪。

这个时候并未使用专门处理家畜的断头台，而是在祠堂里的祭坛前杀了小猪。这恐怕是没有把小猪当成家畜，而是视为和他们一样的信徒，要在神的面前送它往生。这大概也是少女的要求吧。

少年使用断头刀和祠堂的鸟居，以及麻绳，在祭坛前制作了简易的断头台。在断头台上执行斩首不用说自然是为了模仿"圣人之死"。然后把可怜的小猪固定在了简易的断头台下。当那些准备全部结束后，少年在少女的注视下，仿照集团自杀时教祖的做法，庄严地吟唱出了祈祷词——

但是正在那种时候，听着少年的祈祷声的同时，少女的心态逐渐开始失衡。

失去珍爱宠物的悲伤，以及只有两个人独活的罪恶感和孤独感，更重要的是至今仍鲜明地映在脑中的凄惨画面，各种各样的场景一闪而过。慢慢的，少女正常的精神状态模糊了。

终于将吟诵祈祷词的少年的身姿，与挥舞斧头收割信徒首级的恶魔教祖重合了。

那一瞬间，少女崩坏了。

最爱的宠物被恶魔杀害了。被强烈的焦虑与错觉困住的少女，不知不觉中握住了祭坛上祭礼用的刀。

她毫不犹豫地刺向了少年。

*

啪。鹅卵石上有什么东西掉落了下去，发出了声响。

"刺了……堂仁君？我……"

渡良濑的包掉在了自己的脚边。一眼看去，她那苍白的脸色如同白蜡。

"那种……那种事情……"

大门捏住了帽檐前端，慢慢地摇了摇头。

"都说了只是可能性，姑娘。不过就算老夫的假说是事实，也不会有谁去责备年幼的你。或许这才是你真正想知道的。从自己的深层意识里传出了模糊的忏悔声音。而为了确认事件的真实面目，你才选择来这里告发自己——"

渡良濑用颤抖着的双手拾起了掉落在地的包。足够夸张的反应，扶琳虽然这么想，但那也是当然的吧。少女刺死了那样温柔的少年，换来了小猪的命，但自己和少年却无法得救。

话虽如此，可在既不是当事人也不是相关人员的扶琳看来，这些听起来只是废话。只不过作为可能性是无法否定它的。"无意识的罪恶感驱使人通过委托事件来告发自己"这种理由，感觉好像在哪里听到过的深层心理学的定型解释，始终挥之不去。

然而这个解说的可能性很高。而且就算把其归结为真相也毫不为过。如果是那样的话，这边怎么从正面进攻，都无法粉碎对方的根基。

要说理由的话，这也许就是真实发生过的事情。

老人一晃，就看向了渡良濑。之后他马上闭上眼睛，心有忧虑低说道：

"……很痛苦吧。请再稍微忍耐一下。老夫的假说还有一点。到了'烤猪踩踏车'那里就会结束了……"

*

尽管少女的力气不大，但刺中要害的话就会变成致命伤。

总之，最后的悲剧就这样发生了。通常情况下到这里就该结束了。然而这是所谓的"新兴宗教团体"，少女进一步将事件引向了更加疯狂的结局。杀害了少年恢复自我意识的少女，面对自己犯下的罪行，吓得战战兢兢。然后为了消除那种罪恶，她像是抓住了救命稻草一样，想起了一条教义。

是的——"复活"。

乍一看只是把各路教义混杂汇集的教团，但是即使如此也能看出其中蕴含宽大的思想倾向。那就是"救济灵魂的思想"。期待主的复活和救济的末世思想，对净化灵魂与圣人化的憧憬。如果考虑到他们都是"心中有愧"之人，那这个教团的根本宗旨则是"救济罪孽深重的灵魂"，也就是"对犯罪者的罪行进行赦免救济"。

它的特征之一就是圣人的复活。即是受到神的恩宠圣人化，舍弃有罪之身，接受无罪的新人生。所谓的复活很有可能就是重获新生这种思想本身的隐喻。总之，"复活"的思想存在于这个教团。

然后，就是那个教义让少女做出了猎奇的行动。变成"圣人"的话，死了也会"复活"。从教义上如此考虑的少女，更进一步地倒推回去，打算要少年成为圣人。

如果少年变成"圣人"就能"复活"，那自己杀人的事就不存在了吧。即使是如此幼稚拙劣又危险的思考，但老夫能够想象到，对于年幼的少女来说，那已经是竭尽了全力的自我防卫心理。

之后，少女就以自己得出的结论与思考，制造出了所谓的"间接证据"。

首先信者必须模仿圣人的死，而少女就想到了最容易做到的圣人之死，把简易断头台的刀刃放下，砍掉了恰好倒在上面的少年的头。

接下来为了隐藏起自己杀人的证据——仪式用的刀和地板上沾的血，以及少年的衣服等等，都被她细心擦拭了一遍。由于刀和地板后来又被用于宰杀鸡等家畜，如前面所描述的那样，少年的血无法被检测出来。

既然是圣人，就要出现奇迹。少女参考以前听到的"无头圣人"的例子，创造出了"在家畜小屋的断头台上被砍掉了头的少年仍然活着，并走向了祠堂"的故事——为了让这些变得可信，就必须想尽办法把断头刀从祠堂放回小屋原位。不过那并不是她搬得动的重量。

陷入苦恼的她在那时想到了一个解决办法，就是前面所提到的利用"烤猪踩踏车"回收断头台的方法。

少女自己想出这样的主意或许很难。但是如果少女以前，就从少年那里听到过类似的点子呢，又会怎么样呢？比如在明治时代的铜线工厂里就有过利用水车拉长铜线的例子。根据那些想出使用水车拉引扭状物，或是缠绕之类的主意，也不是没有可能。

尽管是在说可能性，但总之她注意到了这个办法，然后实行了。

顺便一说，踩踏车的装置是少年在外面作业时制作的。少女只是把它和断头台用麻绳连了起来而已，而这条绳索留下了余烬。

还有一样留下燃烧痕迹的"慰灵塔"，当时被当作"烧烤"用的柴火。因为在"最后的晚餐"的营火会上，村子里的柴火全部被用完了。木材极度短缺，加上火灾让村子化作了焦黑的废墟，就只剩鸟居的那点木材了。柱子被全部烧光可以认为是"烧烤"时不经意间造成的。

正如不久前那边的姑娘所指，很难想象少女会毫不犹豫地做出"烤活猪"这种残忍的事情。但那个时候的少女并非是平常的精神状态，对于不肯听自己话的猪，她感到很生气。可以当她是怀着打算惩罚它的心情点着了火。这一类的理由怎么解释都行啦。

那么，像这样准备好了间接证据以后，少女进入了自我防卫的最终阶段。

替换掉自己的记忆。

她在大脑中捏造出了"被砍掉了头的少年堂仁把她抱到了祠堂"的故事，并让自己也相信了。然后她把其他对自己不利的事实全部忘掉，从第二天醒来的那一刻起，以全新的记忆重新开始。

总结概括一下，少女使用的是"烤猪踩踏水车"让凶器消失的诡计，并且出于自我防卫又捏造出了故事。

以上两点就是这次事件中出现的"奇迹的现象"的主因。

*

像是电视机突然没了声音一样，院内被寂静包围。

终于，大门的个人秀结束了。在他的话音落下的同时，一阵风吹过，那顶帽子飞了出去。老人作派镇定，拾起帽子抖了抖又重新戴了回去。然后他那双说不清是像青蛙还是蜥蜴的黑眼珠，一动也不动地盯住了侦探。

"……那么，老夫的这个假说怎么样呢，上芶？"

哈！扶琳从上而下都表现出不屑的表情。

这也不是那也不是。假定假定假定，全部都是假定。假定重叠假定。说是推理不如说是创作。只不过是给自己的想法找到了符合自身利益的结果。

但是，又无法断言……那是绝对不可能的事情。

年幼的少女使用刀具一击毙命，少年偶然倒在断头台上，不想承认自己的罪行从而毁灭隐藏证据，替换自己的记忆，全部都有可能实现。而且非常符合小孩子的逻辑。就算是还未成年的少女以不合理的动机做出了不合理的行动，也没什么奇怪的。

关于证据，渡良濑听完后脸色变得愈加苍白。似乎是大门的假说让她觉得很有说服力，好像老人当时就在现场一样。说到底还是因为她本人对于事件的某段记忆太过模糊。让她不惜用"奇迹"替换的记忆想必是极富冲击力的，乃至于让她想要深信替换过的事实。

虽然觉得没什么用，但扶琳还是做了最后的尝试。

"……按照你的假说，家畜小屋的断头台上残留下少年的血迹也不奇怪吗？"

"少年的血曾沾到了少女的衣服上。她用'踩踏车'的诡计把断头台送回原来的位置时沾上的也说得通。断头台上本来就没有残留多少血迹。在那之后，在风雨和余震的影响下，现场的痕迹会逐渐消失。"

"踩踏车用到的猪呢？"

"说过了吧，少女为了让自己相信奇迹制造了'间接证据'。那么诡计用到的猪当然是——"

"被处理掉了……吗。喜欢宠物内心温柔的少女形象，堕落成了残酷的女性呢。"

"精神出现障碍的时候，人格会和原本不同。而且姑娘你也有过那种少女时代不是吗？"

扶琳淡漠一笑。

"有一点你忘记了，委托人记忆里的'像头一样的东西'是？"

老人抬头仰望着天空的卷积云。

"我想想那个是什么时候想到的呢，反过来说，恰当的解释实在太多了。也就没有决定用哪一个，但是到了这一步，也没有必要想得太复杂。不管怎么用火催赶猪，拽着断头台都太花时间了。期间独自烤着水车也太孤独了吧。那么想要一个伴是人之常情——"

扶琳诧异地紧皱起了眉头。

"……你是说在那期间，她抱着的是宠物小猪？"

"也可以啊。你要认为是猪也没问题。不过，如果说是'像头一样的东西'，那毫无疑问是人头形状的物件。也就是说……就是少女砍断的少年的头啊。姑娘。"

*

呼啦一声，少女的身体失去了平衡。扶琳反射性地伸出了一双手，从后面抓住了对方的衣襟。手能伸那么长真是万幸。

"抱、抱歉……"

扶琳用手扶着委托人，并对那句仿佛是要喘不上气的声音回了一句不客气。扶琳露出了外向的笑脸。虽然不是自己该扮演的角色，不过妥善照顾付款之前的顾客也是人之常情。

"……对不起，老夫的说话方式有些过于直接。"

大门垂目道歉。发展到现在的阶段，一两个人头本来也算不上什么。但对委托人来说，那是足以令她昏厥无法接受的真相。这样一来，圣人化的奇迹就变成了纯粹的猎奇杀人。

即使那样——

呵。扶琳的脸上浮现了自嘲的笑容。

这种东西要怎么否定。

当然要挑毛病的话多少都能挑出来。比如是否有必要特意在祭坛前制作出简易断头台。少女想得出来这么大规模的隐瞒真相的方法吗。砍头时流出的大量血迹能被那点鸡血就遮盖混淆至无法检测吗。随后的风雨能让断头台的血迹消失干净吗。

然而那种东西最终只是无休止的争论。

无论说什么都能被搪塞过去。只要冠以"可能性"的名义，绝大多数没道理的事都能通过。

为了不让对方这样做，必须用确切的证言或者物证来缩小可能性的范围。然而物件都是过去的事了，当时的相关者也只有一人。在风雨的影响下也没有像样的物证。"什么都没有"的情况下，面对如同鳗鲡鱼一般粘滑的对手，如何才能把他逼到绝境呢。

依靠的侦探也已经用上了杀手锏"忧思默想"的现在，明显没有希望了。即使是玩诡辩也没有相应的材料。不，玩弄诡辩的是对面。

不行了。赢不了。要在这种程度的诡辩对手面前提出反证——

胜负已经没有悬念了。

侦探打喷嚏的声音响了起来。

"……请安心，渡良濑小姐。"

他吸了一下鼻涕。

"您不需要为自己没有犯下过的罪行而烦恼。"

扶琳回过头来，呆若木鸡，动作突然停了下来。

她维持着如同仕女图里的模特一般的姿势，侦探斜看了过来。同时他伸手从大衣口袋里取出了纸巾，噗的一声擤出了鼻涕。四处张望地想找垃圾桶却没有发现，侦探把纸巾全部装回了口袋。

"一如既往的腔调呢，大门先生。绕了那么多圈子反而有趣了。没想到不仅是白秋，就连冈本绮堂也出来了……时隔这么久都想回去重读小说了哦。然而……"

他抬起戴着白手套的手挠了挠蓝色的头发。在扶琳视野的前方，如同翡翠或者煎银杏色的瞳孔中，透露出的是如金石般毫无动摇的气息。

"那种可能性我早已料及。"

*

"什么？"

"什么？"

扶琳和大门的声音重叠了。且不说大门，就连扶琳也不由地表露出了惊讶之色。可能性已经考虑到了？

"渡良濑小姐。我之前交给您的报告书，您能打开一下吗。请翻到一百二十八页。"

在侦探的催促声中，渡良濑慌乱地从包里拿出了厚厚的一摞纸。但是在翻找页数的那一刻，她露出的不安眼神瞄向了侦探。侦探微笑着点了点头，渡良濑像是得到了勇气一般翻开了报告书。

"啊啊——有了！是这个吗？'凶器消失'第三节'以动物为动力源回收断头刀的可能性'——"

老人睁大了眼睛。

"不会吧。"

扶琳伸手夺过了委托人手中的报告书，紧盯着那一页找了起来。

写了。

确实写了。

"等一等啊。这个诡计不是连你也没有想到吗？"

"你说什么啊。扶琳。我的考察毫无遗漏。"

"那是怎么回事。为什么要进入'忧思默想'模式呢。"

"忧思默想……啊，那会儿差点打了喷嚏，我就稍微忍耐了一下。在你看来是这么回事吗。做了招致你误解的事情，是我不对。无意之间使出了叙述性诡计。"

多么的……

"你早就知道了吗？那为什么不说呢。你知道我一直都是以什么样的心情来拖延议论的吗？"

"那是为了拖延时间吗。没注意到真是抱歉。而且，看到两位讨论得越来越白热化实在不好打扰。还有我很久没有见到扶琳你这样拼命的样子。不知不觉就……"

杀杀杀杀杀杀杀……

张献忠在成都竖立的"七杀碑"上写满了"杀"。顺便说下，七杀碑上的奇闻轶事都是由后世创作，原本似乎是为了教化民众而对同样是张献忠发布的"圣论"进行的拙劣模仿。现在怎么样都无所谓了。

——侦探向前迈出了一步。

西装的长大衣比秋天的红叶还要红，衣摆就那样飘荡着。蓝色的头发随风而动，放在胸前的那只手上戴着的白手套上，金线在秋日的阳光下闪着耀眼光辉。

"大门先生。您这样严谨的人也有快乐稚气的一面呢。但是非常遗憾，您的假说存在致命的缺陷。是的。集体自杀后的那里，并不存在符合条件的家畜。"

*

清静的神社院内，群鸽乱舞。除那之外，一片无声。大门如同门口矗立的仁王④像的吽形⑤一样，紧闭双唇，表情阴郁，那双快比得上蛤蟆的黑色眼睛瞪着侦探。随后，他一边弹起了鹅卵石，一边靠了过去，最后停在了侦探的面前。

"没有……家畜？"

"是的，大门先生。你假说中的假想动力实际上并不存在。"

"但是少女对家畜的数量没有特别记忆。当然，在晚餐上把它们都吃光了也是有可能的。可那没有证据。"

"不，有证据的。"

两个人的脸像是要贴到一起似的对峙起来，最后还是大门离开了。老人照常走到折叠椅子边，弯腰坐下。那根拐杖再次如刀一般立着，目光锐利地盯着侦探。

"那么请你试着证明一下吧，侦探。"

侦探点头。他刚靠近大门，就马上朝对方拿着的透明袋子伸出手。"请给我一个。"侦探取出一块瓦仙贝，往寺院的正殿走去。

他把仙贝掰碎撒到了正殿前的鸽群中间。

"——根据少女的回忆，请回忆下猪逃走时的情况。"

就此展开说明。

"抓住猪的少年，发现项圈盒子里没有号码牌。他从少女手里接过了编号牌。少女中意的猪是十二号。那么，为什么少年会知道那头猪是十二号呢？"

这次大门如同如同仁王像中的阿形[6]，气势汹汹地开口了。

"什么傻问题。毫无疑问，看到号牌上的数字才知道的吧。"

"因为号牌上写着十二，少年才注意到的。您是这个意思吧。"

"此外，写成十二的数字读成十二，只是曲解。"

"但是，未必是那样——"

侦探摩擦着脚，在大粒砂子上大大地写出了如下数字：

12

"通常金属板上的数字都会被写成有棱角的数码管数字形状。用这种字体写出'十二'。"

他在旁边再次用脚划出了线。

己|

"倒过来的话，就能读成'二十一'了。"

站在两个数码管型数字之间，他摊开双手，分别指了过去。

"少女沉默着将金属板递了出去，少年拿到的那一刻，到底是十二还是二十一无法判断。少年不可能马上就知道是"十二"。"

老人只是低垂眼睛，看着地面上的数字。

"……难道不是少女递来金属板时就知道了吗？"

"少年伸手接过了金属板。也就是从他接过来的瞬间，不管是十二或是二十一，都已经改变了持握方向。"

"那么还有什么办法可以辨别是哪个呢？"

"根据证言，金属板上只有顶针部分写有数字。而且少年也说过，这些猪无论哪一头看起来都一样。所以，通过辨别个体而注意到那是十二号是不可能的。这么一来，少年注意到那是十二的理由只有一个——"

侦探突然往一侧挥手，仙贝碎末成弧状远远地撒了一地。兴奋的鸽子们追着饲饵散开了。

"家畜的数量在二十头以下，除此之外，没有其他可能。"

扶琳马上就看向了侦探的脚下，数不清的鸽子此刻的确减少到了二十只以下。

"家畜里的猪从最初就是按顺序编号的。

"根据少女的叙述，除了病死的十一号以及那只猪崽外，其他的毫无例外，全部都被按顺序吃掉了。十一号以外没有空缺号。如果在那种条件下家畜数量大于二十一头的话，数字十二和二十一就都有可能。

"因此，少年至少会对数字产生犹豫。但少年没有任何疑惑。如果家畜在二十只以下，那么不管是什么情况都不会出现数字十一。而他瞬间就判断出了是十二。少年只能根据金属板上标数来辨别'十二'。所以家畜数量被限定在了二十只以下。

"而且猪是按照编号顺序吃掉的，接下来预定的是十二号的话，可以判断十二号以下的都不存在了。这就是说，当时村子里猪的数量最多也就是二十头减去十一头，是九头。

"退一步讲，用二十一减去十二的话，就会变成类似卡普雷卡数这种特殊的计算法一样了。只是画蛇添足罢了——"

不知不觉话题就连接起来了。

"话说回来，不如回想一下'最后的晚餐'的场面吧。晚餐会上的猪蹄是一人一只，而教团全员都参加了，所以猪蹄总数是和教团人数一样的三十三只。每一头猪最多有四个猪蹄，如果吃掉的猪在八头以下，猪蹄数量就是八乘以四，也就是是三十二只。不够。也就是说在晚餐会上起码要吃掉九头猪。家畜最多只有九头，而最少吃掉的也是九头，除了九没有其他的了。也就证明了那些猪全部被用在晚餐会的料理上了。因此在集体自杀之后，除了少女当作宠物养的小猪外，村子里一头猪也没有了。"

侦探再次站到了大门面前，和老人正面相对。

"以上，反证结束。"

很长一段时间，大门没有作答。

老人就那么保持着坐在椅子上的姿势，好似木雕的佛像，一动不动地像是陷入了思考。

时间仿佛停止了流动，漫长的思考还在持续。在如同盯着入睡的老虎似的紧张感中，没过多久，老人发出了大大的叹息声，时间重新开始转动。仿佛要把身体里的所有的空气都挤出去，他长长地呼了一口气。

"原来如此……"

然后重复。

"原来如此……"

老人接着慢慢地抬起了脸，像是要数一数天上的卷积云，他的视线紧锁在了头顶上方。而树影和透过树叶之间泄露进来的阳光，则在老人身上投下了斑斑点点的阴影。

宛如正在进行日光浴的乌龟，老人伸着头，享受着秋日里的太阳光。

"是老夫输了。"

最后他这么说道，然后使劲把帽子拉到了脸上。

*

呼。扶琳安心地吐了一口气。

老人一反常态，没有再絮絮叨叨地多说什么，轻易就认输了，真是太好了。如果是自己的话，一定会说些类似"第九只猪的脚不是只切了一只吗"之类的或者其他什么，死也不会罢休。

不过，在"最后的晚餐"上把猪全部吃光了的说法，原本老人也是承认的。现在出示了相应的论据，他就痛痛快快地把胜利让出来了吧。

虽然是相当冒险的论证，但总算是分出了胜负。扶琳的视线一闪，窥见了委托人的样子。对方仿佛是浑身脱力了一般，当场蹲了下去。自己是猎奇杀人犯的假说被否定了，她现在暂时可以安心了吧。

扶琳伸出手扶着委托人站了起来。她若无其事地来回轻抚对方的背部，慌慌张张地朝着出口的山门方向而去。在老人改变心情，被奇怪的不吉之兆笼罩前，早一点离开这个地方才是上策。

刚才从侦探那里逃过来的鸽子们换了个地方再度聚集了起来。扶琳如同摩西分海一般冲了进去。她视线一晃回过头去，只见侦探向大门鞠了一礼，就接着跟了过来。面对狠狠地嘲弄自己是欺诈师的对手，他依然严守着礼节。

突然有如破锣嗓子发出了声音，穿透了侦探的耳膜。

"——等下，上苙！"

扶琳的心脏咚咚地响了起来。侦探也停住了脚步。

"怎么了，大门先生？"

老人紧紧抓住拐杖，站了起来。他现在也是身体前倾，以一副快要倒下去的姿势向前踏出了几步。

"你……你到底打算把这种愚蠢的行为持续到什么时候？"

"当然是直到'奇迹'得到了证明为止。"

"你真的觉得那种东西可以得到证明吗？"

"我觉得……我可以。"

转瞬间，院子里的空气再次陷入了紧张之中。但是老人马上就打破了这种气氛。唉。好似拙劣的竹笛声，叹息响起。之后老人悄然露出了万分失望的神情。

"……那就是你致命的愚蠢之处。以人类有限的才智，可以对抗宇宙的无限吗。老夫虽然是数学的门外汉，但是也听说过向无限挑战的数学家之中，患精神病的人居多。老夫不想你重蹈其他人的覆辙……"

哦？扶琳倍感意外。刚才老人的话里包含了像是在关心侦探之类的情感。这两人不是单纯的犬猿关系吗。"像挑战连续体的康托尔，以及继承了他的遗志的盖德吗？"

侦探也不那么厉声厉气了。

"但是大门先生，请您放心。我挑战的并不是您说的那么大的问题。我只是单纯要证明这世间有奇迹的存在。您的这种担忧，不如留给今后挑战数学未解难题的年轻数学家们吧。"

"只是单纯要证明这世间存在奇迹……吗？"

长外套的下摆晃动着。老人又是一步，和前面一样像是快倒了的样子，抬起了脚，踏了出去。他脸上的皱纹加深，露出了又哭又笑的表情。

"你现在的话让我确信了。上苙，马上放弃你那偏执的思考和想法。你的理性已经陷入了危险之境。听好了，上苙。那个意大利人的事件难道你忘了吗。为了你自己，把生命用在该用的地方。你的母亲也不希望自己的儿子为了给自己报仇而陷入疯狂。"

"如果在这场争论里，我败给了大门先生，我会认识到自己的理性衰弱。但是如今，我获得胜利的现在，我从那些台词里只听出了不服输——"

"不是的！"

老人激动地摇头。

"不是的。不是这样的，上苙……你并没有胜利。在否定老夫的假说时，你也如同输了一样。如果你继续这样向着毫无成果的道路猛冲下去，你会……"

就在那时……

白色的东西覆盖在了老人的脸上。

鸽子？不，不是。不是活鸟的羽毛。人工物品——由人手精心制作完成的漂亮精巧的工艺品。

扇子？

那一刻……

扶琳注意到了周围飘着的熏香。这种甜而清净，如同被仙女的天园所诱惑的馥郁的香气是——

白檀？

老人的背后，偏薄的白色大衣的下摆，轻轻飘动。同样是白色的密厚的毛皮帽子进入了视线。有谁站在那里。比大门稍稍高一点，手脚或者腰部的轮廓就像鹤一样纤细。

那人手持白扇盖在了老人的嘴边，用话语警告了他。

"请稍等一下。再这样喋喋不休下去，不会违反契约书吗？在这之后就是我的工作了。泄露了多余的情报可不太好。"

*

俩……

看到那张脸的瞬间，扶琳脱口说出了她的名字。

"俩西！"

突然出现的中国女性哗的将白扇收起，视线冷淡地看向了扶琳。

"好久不见，老佛爷。"

女人话里带刺地打着招呼，随即从老人身后走了出来。

同体态丰满的扶琳形成了鲜明对比，她是身材苗条的模特体型。皮肤白皙，脸蛋又小。与其说是美女不如说是发育较好的秀丽美少女。现在也是，如果拉紧大衣下的皮带，那无比纤细的腰，不由得让人担心会不会折断。

女人双手叉腰，目光无理地把扶琳从上到下打量个遍。

"看起来健康没什么问题呢。见不到你的这段时间，你不是变得很大了吗？嗯……不是……大啊。噗……噗……变胖了？"

身材苗条的女人装作不习惯说日语的样子，从嘴里吐出了侮蔑的词汇，虽然算不上是无礼，却让扶琳受到了很大的冲击。为什么这家伙会出现？

"为……为什么你会在日本？"

俪西露出了嘲讽似的笑意，转向扶琳。

"啊……为什么呢？暂且按照入境审查时说的观光回答你吧。"

"入境审查……难道你是通过正规途径来的吗？为什么能拿下签证呢？"

"拿不下来的话，只能自己做了呢。"

"日本的简朴娴静与喜好奢华的你很不搭呢。赶紧回你上海的老巢吧。纪念品就在秋叶原买点简单特产之类的就行。"

"这是对许久不见的朋友说的话吗。虽说那份冷淡还真符合老佛爷的身份……"

一边这样应对着，俪西的脸上浮现着令人毛骨悚然的笑，靠近这里。

她用手推开正发呆的委托人，站在了扶琳的正面。

接着她对着摆好架势的扶琳莞尔一笑，进一步抬手挎过扶琳的胳膊，向着正殿跟前的鸽群走去。

察觉到人的气息后，鸽群呼啦呼啦地都飞逃到了空中。俪西一脸不可思议地嘀咕了起来。

"话说回来，为什么日本人不吃鸽子呢？"

侦探愣了一下，然后露出一副惊讶中混杂着兴致的表情走近过来。

"扶琳，她是什么人？"

"……宋俪西。以前的同事。"

在委托人的跟前，还是不说具体的工作内容比较好吧。但是麻烦的女人出现了。平时盘踞在上海的女人为什么特地来了日本，不知道是不是出差。但是，她肯定有什么意图。

虽然是白费力气，暂且先试探一番吧。

"……违反契约是指什么？"

"哎呀？"

俪西稍作思考后回过了头，眼瞳如明亮的星星。果然没有说的意思。如果这个女人没有坦白交代的打算，即使扶琳用上再多的手段也无法让对方多说一个字。

"……这样啊。那么玩得开心。再见。"

扶琳抓着委托人的手腕就往山门走去。三十六计走为上策。不要跟底细不明的对手扯上关系比较好。不管她的目的是什么，只要我不给她以可乘之机就不会损失什么——

"——啊咧？"

这时候渡良濑慌慌张张地出了声。

"对、对不起。请稍微等一下。报告书——"

她挣脱扶琳的手翻开了包。那些厚实的印刷品宛如一阵烟，转瞬间消失不见了。难道……

"你在找的是这个吗？"

俪西单手叉腰，翻开了报告书的封面。扶琳满脸厌烦地抬手扶着额头。刚才推开委托人的时候干的吗。这女人恶劣的盗窃癖跟以前比起来真是丝毫没变。

"……没关系，不需要担心呢。装着电子版原文件的 U 盘——"

"就是这个吗？"

这次她叉着腰的那只手抬了起来，两指之间夹着珍珠白的记录介质在秋日阳光的照射下闪闪发光。

"顺便补充一句，事务所电脑里的数据都被我消除了。网络服务器的文件备份也没留痕迹。我虽然不是职业的小偷，但也受到过工作细心周到的评价。"

这一番发言顿时让侦探变了脸色。

"你说什么？等一下，我的网络安全性比一般人要好很多。就算是能力高超的黑客想要侵入也很困难才对。难道是……特洛伊木马？在我的电脑上，使用仿冒半导体部件或者其他什么东西，然后秘密地把后门打开？"

"不是。用喷火枪和锥子爆破掉事务所的玻璃后打开的窗锁，从圣经里的红线部分推测出密码破解了电脑。"

啊，只是普通的小偷。话虽如此，只能想出在圣经上留下红线这种老套的提示密码方法，侦探的安全防范意识也没什么了不起的。

"……我明白了。钱吗？然而那份报告书，并没有你期待的金钱价值呢——"

扶琳怀着胆战心惊的想法问出口后，俪西在鼻腔里哼了两声。折返至院内的长凳处，拿起了放置在那里的旅行箱。打开金属盖以后，把报告书和 U 盘放了进去，又用南京锁⑦上了锁。

当她再次回来时，把钥匙扔给了侦探。

"和老佛爷时期相比，你还是一如既往地总想着钱……但你的性情也还是和以前一样，真是值得高兴的事情。请继续这样保持下去做你自己。

"话说回来，关于我访日的目的，表面上是来观光，实际上是来提前调查一下不动产等商品的购入情况。还有一件事就是顺便跟这位探侦先生进行一场对决。

"嘻嘻……这么说来在日语里，"探侦"的汉字倒过来变成了"侦探"呢。不过那倒无所谓，现在我用最坚固的箱子，锁住了侦探先生最珍贵的报告书。如果想让我还回来，那就请接受我的挑战。时间和地点之后会联系你的。啊啊，当然我不会偷看这份报告书的，所以请放心好了。被委托人说了不要仔细看，虽然只是形式上的保证，姑且还是先把钥匙交给你吧。"

嘴快心直地一通喋喋不休，俪西又回到了长凳上。两手抱住了旅行箱。然后她迅速地走到大门先生旁边，推着老人的后背向出口走去。

"那么之后见。老佛爷——再会。"

俪西和扶琳擦肩而过时满是嘲讽地挥了挥手。那两个人的身影逐渐消失在了山门外。

接下来就只残留了檀香的香气。

留在院内的三人，只是发愣地呆在原地久久不动。

"所以……"

扶琳嘟哝了一句。

"话说你的防范对策那么容易化解啊……"

"不……说到底因为从没有被盗过啊……"

侦探像是丢了魂魄一样,只是一动不动地盯着手里的银色钥匙。

"啊,那个……那个人到底是擅长日语还是不擅长呢,结果还是不知道呢……"

不知是不是缺乏现实感,渡良濑抱有一个相当偏离话题的疑问。

扶琳露出了疲劳之色,孱弱地摇了摇头。

"那个女人身上,没有一件能确定的事情呢……"

鸽群再次飞落在了山门前,仿佛是要被吸入了一样,她的脚步走向了那里。

违反契约?虽然不怎么明白,但幕后肯定有什么人——

扶琳接近的鸽群,再次像机械一般整齐地飞上天空。当被灰色的鸽群围住的瞬间,她产生了仿若掉进了深不见底的井中的错觉。

避坑落井(一波未平一波又起)。以为终于避开了眼前的坑,没想到还会出现更深的井。这是无论怎样都会掉入陷阱的局吗?那么,接下来的洞穴,到底是能避开以后逃开呢,还是——

【注释】

① γ−GTP 数值：血清 γ−谷氨酰转肽酶，该项数值偏高会引发肝胆疾病。

② QF 认证：即 Qualite Fleurier。通过瑞士联邦政法的认可的优质认证标记。

③ 圣老楞佐：是罗马教会七位执事之一。掌管教会的财产，负责救济穷人的工作。

④ 仁王：是佛教中的护法守护神，是一对的。称作阿形、吽形，代表宇宙的开始与结束。

⑤ 阿形：见④

⑥ 吽形：见④

⑦ 南京锁：日本对于小巧精致挂锁的叫法。

第三章

坐井观天

扶琳脚步沉重。

那是一种主动奔赴刑场的心情。自前些日子那不被期待的邂逅之后，她从俪西那里收到了一张位于横滨的某高级中华料理店的请帖。对方当然不是邀请自己去享用美味料理的。

被料理的是食材还是自己呢？这么想着的扶琳站在了横滨中华街北口的黑色玄武门前，仿佛是要穿过监狱的大门。

*

店内装饰华丽，模仿了中国历代王朝中某时期的宫廷风格。

天花板高得有点离谱，大概有两层楼那么高。房间就像是某种举行仪式的场地那般宽敞。扶琳被领到了一张能坐下十人的圆桌旁。与其说是奢华，不如说是厌恶。扶琳这么想到。

圆桌的上座，即面朝南方的天子之位，那个女人身裹银白衣服端坐着。银白服饰是隋唐时期公主那类人穿的贵妃服，上面装饰着熠熠生辉的宝石。她手握装饰有孔雀羽毛的白羽扇，缓慢地摇动。

还有两名拿着芭蕉扇的侍女服侍在其左右。俪西仿佛是从《西游记》还是哪里冒出来的由妖精变幻成的公主。

如同准许臣下谒见的女帝般，她的身上透露出了这样的庄严气质。但实际上她可能就是这家店的老板娘。虽然这个女人的老巢在上海，但是其资产和利权分布在世界各地。

扶琳在与女帝正相对的位置坐了下来。左边是侦探，右边是委托人渡良濑。

扶琳和俪西默默对视片刻，最后还是俪西先开口了：

"老佛爷，欢迎来到小店。"

扶琳娇声娇气地回应了：

"俪西，不要在意。无视令人不快的女主人，这店里还是非常舒适的。话说店里的装潢到底是哪种审美？是打算以这里为窝点开辟新王朝吗？"

"我觉得这种概念的高级料理店也很有趣……"

俪西用手中扇子的羽毛轻抚着下巴，面带微笑。

"虽然本店的商品尚不齐全，不过也在考虑要不要做服装租赁。可以的话，我也借给老佛爷你一些服装吧？我穿成这样，你却如此朴素，就不会觉得难为情吗……"

"今天没有盛装打扮的心情，不必了。"

皮草外套脱了，她现在穿的是胸前稍稍有些开口的黑色连衣裙，脖子上戴了一条项链。搭配简单，但她完全不觉得有什么需要自卑的。

"是这样吗，如果觉得忍受不了，不必逞强请随意。另外，老佛爷，我听到了一些突如其来的传闻。"

俪西微微皱眉，看向了扶琳的左边。

"左边的这位为什么在室内也不脱外套呢？"

左边的是侦探。他身上穿着的是只有一个商标印在上面的深红色外套。扶琳无言地凝视了旁边的男人很久，随后淡然地将视线移向了俪西。

"我也不能理解。"

扶琳露出了一抹笑容。

"我只知道这个男人生来就是这样的。就算有人在背后对他指指点点，说他是傻瓜白痴之类的，他也毫不在乎。这红色外套本身就是'奇迹的证明'。无论在什么情况下都不会改变这身装扮，也是这个男人一定要将奇迹证明给世人的意志表现，如金刚石般坚定。"

此时右边传来了惊讶声。

渡良濑一脸不可思议地扭了扭头。而扶琳再一次面向了左边。只见侦探毫不犹豫地脱掉了外套。

察觉到扶琳的视线，侦探啊地一声耸了耸肩膀。

"不好意思，忘了脱外套。"

老板娘身后如同宫女一般站立的两名店员，或者说是侍女中的一人马上就走了过来，动作优雅地接下外套，然后向衣帽架而去。

此时侦探穿的是一件红色背心，颜色和外套差不多。

扶琳叼着烟管目送侍女离开后，慢慢地转向俪西。

"……那么，'推理对决'何时开始呢？"

*

啪，俪西突然向前弯下了身子，双手抱着肚子似乎再拼命忍耐着什么。银制的像某种花的头饰叮当当地摇荡起来。

终于忍不住了。她抬起头，眼里泛着泪花，咯咯地笑了出来。

"真、真是的……老佛爷，你还是一如既往地性急呢。我想起了以前关系亲密的我们了。"

扶琳绷着脸，嘀咕了一声：

"我可不曾记得我们何时关系亲密过。"

"啊呀，难道你的老年痴呆又犯了吗？你忘了我们以前构筑的那个炽热的时代了吗。你是老佛爷，我是西王母。我俩的恶名传遍社会的每一个角落，让大多数的盗贼以及没有仁义之心的逃犯们瑟瑟发抖呢。"

"恶名主要还是你的功劳。"

"不要谦虚。说实话，我至今还在为你的隐退而遗憾不已。前不久听说你竟然接了这份工作，我还担心你是不是丧失志气了。看来并非如此，那我就安心了。只是老佛爷……你果然是发福了吧？当然如果你羡慕我现在穿的衣服，我借给你一件也没关系，就是不知道尺寸合不合适呢。"

"谢谢。我一点也不羡慕。"

扶琳很干脆地换了个心情，再次审视眼前的女人。这个女人……这个女人到底有什么打算？说是要和侦探来一场"推理对决"，但从开始她就没有和侦探比试的理由。两人应该是初次会面才对，而且这次的委托费对于她来说连零花钱都不够。

如此一来，令人在意的就是——

契约。

难道是黑幕和这个女人以及老人结成契约，诱导自己这边吗？这样的话那个人物，恐怕就是老人之前提到过的……

俪西拍了拍手。

一列手持金银器皿精装打扮的美丽姑娘，从房间里走了出来。看来是要开始盛宴了。

扶琳死心地从怀中取出烟草盒。虽然相当恼怒，但是此时只能乖乖看对方态度伺机而动。只要关键的报告书在对方手里，自己这边就毫无办法。

她一边往烟管里塞烟草，一边看向俪西。女帝椅子的旁边是放着宝箱的银质小推车。装有那份报告书的箱子可能就放在宝箱里面。说笑归说笑，但对于喜好讲究排场的那个上海女人，她实在毫无办法。如果硬要问她怕是不识趣了。

但是——

有一件事无论如何都要确认一下才行。

"说起来，俪西……"

扶琳半笑着问了出来。

"那里的东西是什么啊？"

她指向侦探椅子正后方的方向，那里放着粗陋且透明的长方形物体，明显是和这家店的宫廷风格不搭调的东西。

巨大的水槽。

但是里面没有水。代替水的是白色羽毛和好几个像聚苯乙烯泡沫的白色物体。实在看不懂是干什么用的。

俪西看向那里，惊叹了一声点了点头。

"那是室内装饰品。"

根本就是毫不掩饰的大谎话。这个女人说谎不打草稿的样子让扶琳难以应对。姑且注意下这个水槽，接下来要担心的就是端上来的食物了。扶琳嫌弃地看着陆续摆上桌的菜品。虽然每一道菜都是令人垂涎的香气满溢的高级菜品，要是吃下去的话——

俪西坏心眼地开口说：

"怎么了，老佛爷。马上就到中午了，肚子还不饿吗？"

扶琳含着烟管望向一边。

"实际上，我最近在减肥。"

"真是有趣的玩笑。"

"虽然还没瘦下来。不过首先要减掉内脏脂肪。减肥后的反弹挺可怕的，所以我打算多花点时间慢慢瘦下来。"

"你不会对我还有所戒备吧？我当然没有在菜里下毒。"

"虽然你笑着告诉我菜里没毒，但你是那种会在筷子上涂粘性毒液的人。"

此时左边传来了哈哈哈的大笑声。

"扶琳，这个可能性不大。你坐的这个正中间的座位本来是给我这个主宾预备的。就算事先在食器上涂毒药，但你这人随心所欲又蛮横，对方也无法预测你会选择哪个座位吧。不过，为什么要把我这个侦探撇在一边不顾，连助手都算不上的你却强占了中央的位置。就不能考虑下我的存在感吗？而且最重要的是，她不是你以前的朋友吗？虽然不知道过去发生了什么，不要那么带刺嘛。首先为了你们的再会哈哈大笑吧——"

"悲鸣就算了吧，跟这个在女人一起，打死我也发不出那么可爱的拟声词。喂，上芺，你已经开吃了吗。"

"是的。我今天还没吃早饭呢。太饿了，对美食的香味毫无抵抗力。话说回来，事务所的冰箱里还有剩下的咖喱，你看到了吗？为了活化脑细胞，我最近想吃点刺激的东西……"

"吐出来。"

"嗯？"

"把今天吃下去的全部吐出来。"

"哈哈……那种暴殄天物的事我做不出来！比起这个，扶琳你看看这个燕窝汤，可是上等燕窝熬的。那个杨贵妃喜爱的燕窝里面富含抗氧化作用的唾液酸，能够美肤和抗老化。"

"好啦，赶紧吐了！"

扶琳踢开椅子迅速站了起来，似箭一般猛地扑向了侦探。视野余光里，渡良濑一脸不安地放下了汤匙。

"那个，吃了不可以吗……"

这边，侦探拼死将扶琳伸向自己喉咙的那只手推了回去。

"等等，等等，扶琳，冷静点……她要是有意加害我们的话，根本不需要搞得这么复杂。把我们叫到这里来，怎么说都是为了这次的'推理对决'。那就没有必要做出妨碍比赛的事……"

俪西嘻嘻地笑了起来。

"你挺有意思的。"

她高举羽毛扇，啪地打了下去。一阵风吹起，撕散了牟取暴利的美食味道，檀香甚至传到了这边。

"冷静分析状况的能力，以及身处险境却仍旧可以吃下摆在眼前饭菜的那份胆魄。用日语来说简直就是'铁石心肠'。即使是敌人也很值得佩服。"

侦探拂开扶琳的手，一副果然如自己所料的表情。扶琳嘟囔了一声，不情愿地回到了自己的座位上，却依然戒备着俪西。

这个难以窥见其内心的女人，不可能没有什么企图。

扶琳就像是个小孩一样朝侦探眨着眼睛。

"但是真的……有点可惜呢。"

"什么？"

哗的一声，这次扇子从下往上扇动了起来。那一瞬间，侦探所坐的那张椅子砰地一下被弹了起来。

不过一瞬，侦探整个人就从扶琳视线里消失了。哗哗的风横着吹了过来，咚！扶琳听到身后发出了的一声巨响。

顷刻之间，谁也不知道发生了什么事。

骚乱停止以后，扶琳慢慢地把头转向了声音传来的方向。看见背后的水槽里，无数的羽毛和聚苯乙烯泡沫的碎片飞舞着，缝隙之中瞥见了蓝色的头发。

"比起侦探先生，我想我更了解老佛爷的性格。你向来都比较注意身后的事物。椅子后面放着一个不明所以的东西，老佛爷是肯定不会坐上那个座位的。之后让人把委托人领到旁边的位置上的话，那么侦探很自然地就能坐到后面放有水槽的椅子。明白了吗，侦探先生？我设的陷阱就在你坐的位置上。"

又是轰隆一下，沉重的机械移动的声音响起，椅子回到了原来的位置上。

仔细一看地板，侦探坐的椅子到背后的水槽这一片区域，似乎是一块类似跷跷板的东西。

由于它和地上瓷砖的接缝完美的嵌在一起，不仔细看根本发现不了。于是跷跷板就连同椅子一起，像灌篮一样把侦探扣进了背后的水槽里。

应该就是这样的，但是事态发展之快没有给人过多思考的时间，此时水槽那边的地板开始转动起来。

砰。水槽的盖子合上了。从连在盖子上的软管里哗哗地流出了水。

水淋到头上了，侦探才蓦地爬了起来，似乎还没搞清楚状况，他满身都是白色羽毛，抬起头左右张望。

渡良濑手里正握着乌龙茶的壶，就那样傻傻地呆住了。

扶琳咽了口唾沫。

"你到底想……干什么，俪西……"

俪西把脸转向斜下方，羽扇放在了胸前，露出了雪白的脖颈。

"我从某个人那里，接了要和侦探先生进行一场推理以决胜负的委托……"

再次看向前方，这次她和之前完全不同，那双表露出了极大热情的眼睛，直视扶琳，颇为认真地继续说了下去：

"但是，说实话，这样的委托怎么样都无所谓。我在接到这个委托时，首先想到的是能否利用这个机会劝你回来。我真正的要求只有一个，只要你能回到我这里，其他的都好说。老佛爷……你忘了我们缔结的金兰之约吗。你我如唇齿相依，互相成就对方。既然雄心尚在，为何要做沉睡在这边境岛国的狮子。这根本就是东之青龙入鱼缸，南之朱雀驻鸟笼啊。在我看来，老佛爷你委身于此的根本原因全在这位侦探先生的身上。这样的话，我今天就要斩掉祸源，唤醒假寐的狮子。如果你要因此恨我就尽情恨吧。如果能成为磨掉名刀铁锈的磨刀石，我也算了却心愿。"

咯噔。扶琳的烟管从手中悄然滑落。正因如此，她才厌烦了和这个女人一起共事！

*

连捡起烟管的力气都没有了，扶琳坐在桌子上支起双肘，把头埋了起来。旁边的委托人一句话都没说，似乎不知道该如何应对这样的情况。咚咚咚，被淋湿了的生物虚弱地敲打水槽的声音传了过来。

"怎么样？"

满满透露着优越感的声音仿佛是要刺破扶琳的耳膜。

"怎么样啊？"

"你觉得怎么样？"

终于扶琳抬起了头。

"就这样把那个男人放着，等他溺死吗？"

"就是啊。"

前一道声音的主人沉默了片刻，似乎有所思量。

"面对心爱的男人濒临死亡的样子，太过惊慌失措都心神不宁了吗。"

"你说心爱的男人？"

鹦鹉学舌一般，扶琳反问。随后，沉默再次继续。

不久，有人靠近了，原来是侍女中的一个。这名侍女钻进了桌子下面，捡起烟管递还给了扶琳，随后她又递上了火柴。该说是被教育地很到位呢，还是说她不会察言观色呢，总之难以评价对方的行为。

扶琳叹了口气，接过烟管和火柴，换上新的烟草后重新点燃了烟管。

"……呐，俪西。看来你对我们之间的关系有根本上的误解啊。

其实这个男人是死是活，和我完全没有关系。就算你杀了他，也不会有任何好处……"

俪西收起羽扇搁在脸颊处，口气得意。

"这个男人死了的话你就会回中国，不是吗？"

"不是啊。"

这是怎样的不讲道理啊。

一股无力感袭来，扶琳抬手扶额。就这样继续保持了沉默。不知过了多久，俪西露出了有些迷惑的眼神。

俪西沉思起来，视线移向远方，手中羽扇轻轻敲拍着脖子。稍后，她又把纤细的双腿从桌子下面收了起来，并蜷在了椅子上。双手抱着膝盖靠在椅子的一侧。像是要再看看涂好的指甲似的，俪西把手伸至了脸的斜上方。

她嘟哝了起来。

"……难道我有什么巨大的误解？"

总算注意到了吗。

真是心累。这个女人自以为是的独断专行，也不是从今天才开始，像这样被卷入其中也不是没法忍受的。

"我再一次声明，这个男的可不是我的情夫，什么关系都没有。"

扶琳不耐烦地补充说明。

"我仅仅是因为借给了他很多钱，他要是死了钱就收不回来了。除此之外没有其他利害关系了。实际情况就是这样，如果你还要坚持杀了他的话，那我只能向你索赔相应金额——"

就在这时，扶琳感觉到一道从对面传来的视线，正仔细打量着自己。

刹那间，那锐利的眼神让她不寒而栗。俪西再次打开了扇子，从孔雀羽毛的间隙里窥探着扶琳。似乎是无心的，她的眼睛仿佛在笑。那似乎能看透一切的眼神——令人讨厌。

"……嗯。"

俪西展开五指轻掩嘴角，轻轻一笑。

"你还是一如既往地难以应对啊。但是既然老佛爷本人都这么说了，那一定就是那样的吧。我就如此理解好了。不过，现在的情况依然不变。换言之，这个男人对你而言有金钱价值。如此一来，也能成为交涉的筹码。"

"这次是要求赎身钱吗？你现在的职业是黄（拉皮条）而不是拐（诱拐）。随便转向不习惯的工作会倒霉的呢。"

"自我和老佛爷分道扬镳以来，我把业务范围拓展了不少。但是比起拐，赌（赌博）更擅长一些。怎么样呢，老佛爷。要在这里赌上一场吗？"

"赌？"

"是的。我和你之间的推理比赛。你赢了的话，不止水槽里的东西，整个店都转让给你。但是如果我赢——"

"那个男人的右眼、舌头、手指我就收下了。老佛爷要是不乐意，你可以选择回到我身边，我就放了他。"

＊

即使扶琳努力抑制着情绪，但是在她的背部也冒出了冷汗。

宋俪西，业界别称"西王母"的怪人。

西王母是中国神话中的仙女。居住在昆仑山的仙界美女，由于长生不老的仙桃而被人类所熟知。但是另一方面，根据中国古代的地理著作《山海经》等书记载，西王母是司管'天厉五残'，野兽姿态的鬼神。原本西王母是鬼神形象，后来逐渐演变成天界美丽的仙女。

而俪西正是两种说法都具备的西王母。"天厉五残"的天厉指的是灾害或者疾病，五残指的是刺青、削鼻、断足、去势和死刑。俪西曾经担任过某个组织的负责拷问和处罚的首席。由于她美丽的外表和不相称的残忍，这个外号不知何时兴了起来。（顺便提一下，扶琳的外号"老佛爷"是中国三大恶女中西太后的爱称。）

也就是说——现在这个女人说的令人意外的话或者做的不明所以的事，交往已久的扶琳非常清楚。她折腾人体就像折下路边的野花一样简单。

"知道了。"

扶琳只好如此回答。

满意地点点头后，俪西露出了如同白色铃兰花般令人怜爱的笑容。另外，铃兰花的花和根都有毒。

"很高兴你能接受我的无理要求，那么事不宜迟，定胜负的方

155

法就是——"

"奇迹的证明吗？我代替这个侦探，来否定你的犹如诡计一般的假说……"

"我也这么考虑过，其实我嘴笨不太会说。所以用这样的方法决胜负如何？你来猜我想出的诡计。你要是在那个蓝头发的美男子溺死之前猜中了，就是你赢。没赶得及或者你认输了就是我赢。这样一来，还能节约些时间。"

扶琳不禁抬头望向天花板。

她连说明都省略了！

何等过分的女人啊。明明为了促成游戏不辞辛苦，却又把觉得麻烦的部分彻底省略。不愧是坚定的享乐者啊！

俪西叫侍女拿来笔和纸扇子，沙沙地在扇子上面写了什么，还顺便扇了好几下，好让墨水干得快些。随后她啪地合上了扇子。

"这扇子上就是我设想的诡计。那么老佛爷，请开始你的推理。顺便说一下，大概 30 分钟水就能灌满水槽。"

扶琳紧紧地握住了手里的烟管。

"俪西……这的确是个天大的难题。我不是能够说中禹王烦恼的大猩猩。不管街头巷尾再怎么传我是妖怪，也还是没有进化到能够读人心的那种境界呢。"

"再过个十年，老佛爷应该就能长出狐狸尾巴来了……所以请放心。我也不是紫禁城里给求婚者出难题的公主。还是会给你些提示的。"

玉座上的公主优雅地煽动羽扇，周围的檀香之气弥漫满室。

"提示就在这个室内。"

扶琳单眉挑起。提示就在这间屋子里？

"请仔细观察。你可以多次提出你的答案。即便是我，也不愿意在屋里放一个恶趣味的装饰品。请务必在水槽里出现浮尸之前猜中扇子上的秘密文字。不过老佛爷，我们异体同心。对于其他人而言是个难题，但对于你这个与我拥有同等资质的人，一定可以给出正确答案的。嗯……嗯，就是那样，老佛爷。只要你还没有忘了你原本是老佛爷……"

配合着甜美的语调，羽扇如同翩翩起舞的蝴蝶左右舞动。

羽扇翩翩带起一阵阵轻风，清冽的檀香宛若驱赶邪气的法术，一股劲地朝着扶琳奔涌而去。她脸庞紧绷，含着烟管深深地吸了一口，又吐出了烟雾。白色的烟像是要保护扶琳免受檀香的袭击，包裹住了她的身体。

*

熟悉的烟草味就像铠甲一样保护着扶琳，她静静地闭上眼睛。

提示……就在室内？

这只狡猾的母狐狸，计算的如此精准。乍一看是从现在才开始的比赛，实际上到目前为止的闹剧估计全在她算计之内。从我们被叫过来那时开始，她描画的本子就已经开始了。虽然非常生气，却只能将计就计了。

此刻，扶琳注意到水槽那边动静突然变小了。细看原来是如同蓝毛老鼠的侦探，正在搜寻着屁股上的裤兜。钱包吗？观察一阵子后，扶琳发现侦探是在把钱包里的硬币塞到袜子里，做成钝器试图敲碎水槽。

被困在车里的非常时刻也可以用这种方法敲开车窗。但那么显眼的办法，应该逃不过这个女人的眼睛。

把钱包里的零钱全部倒手里后，侦探垂下了双肩。原来只有一枚一日元硬币。

侦探继续摸索全身，能找到的只有备忘录用品，小型手电筒（一支笔的大小），以及已经用过的暖宝。日本虽然不能携带护身用的手枪，但至少也该带一个高压电击枪啊。

侦探似乎没有独自逃脱的手段了。

这样的话，只能靠我了。扶琳把抽完的烟灰，倒进桌上的烟灰缸里，又重新换上新的烟草。既没有人道主义精神，也不爱护动植物的扶琳，还是会呵护能下金蛋的鹅的。此刻若是失去这个男人，至少会损失一亿以上的钱财。损失如此巨大，就算得到了上天的宽恕，她的爱财之心也不会原谅自己。

扶琳再次察觉到了俪西揶揄自己的微笑。她慢慢吐出一口烟，碍眼的视线在灰色墙壁的那一侧消失了。

扶琳再次环视室内。

宫廷风格的装修。

在日本中华料理店里常见的旋转圆桌，桌上紧密排列的美食佳肴。

筷子，勺子，陶制食器。机灵勤快又可怜的侍女们以及统治她们的女帝。

此外就是自己和委托人，还有水槽里只能用来观赏的一只侦探。

到底哪个才是提示？

她长长地呼出了一口烟。对面的俪西似乎讨厌飘过去的烟雾，用羽扇扇了好几次。

桌上的空气摇曳不定。白烟随之起舞。扶琳凝视着朦胧的烟雾流动，突发奇想。

"风……吗？"

她又吸了一口烟，朝头顶吐出一个烟圈。

"只要水车能转动，就能回收断头台。关键就是没有带动水车的动力。但是把水车改造成风车的话——"

咯咯的笑声打断了扶琳的思考。

"实在可惜，老佛爷。想法虽然很好，但是不要忘了少年对少女说过的话，村子基本处于无风状态。因此，夏季肉类腐烂得很快，冰箱在村里是必需品。"

扶琳面无表情地把烟灰扣进烟灰缸。这个想法确实有些牵强。不过她也没有想过能如此轻松地就猜到正确答案。

然而，这个女人很清楚事件的原委。是从老人那里打听到的吧。可是知道得如此详细，仿佛听过委托人的当场描述。不，说不定就是她窃听到的。

如此琢磨着的扶琳，视线落在了桌子上，她注意到了冒着热气的汤。那是侦探力荐的燕窝汤。说是某种成分能够美肤和抗老化——

此刻，今天的第二个想法冒出了。

燕窝。

燕——。

"明白了。"

扶琳自言自语。

"鸟。假设那个少女悄悄驯养了野生的鸟类，就能移动断头台。诸如鹰啊，鹫啊，雕之类的大型鸟类，有好几只的话——"

俪西咯吱咯吱地再次笑了。

"很独到的见解。但是不对。老佛爷你又忘了少女除了少年以外，唯一的朋友就是那只宠物小猪。如果驯服了那些鸟儿，不把它们当作朋友的话，似乎显得很无情呢。很遗憾，这个可能性太小了。"

这个也不对。

构筑一个合理的假说，意外地棘手呢。

扶琳有些生气地靠在了椅背上。这个比赛规则是建立假说的一方占有决定性的优势，但是实际做了以后才发现挺难的。只要能想到奇思妙想的诡计……仅仅是这样还不行，还必须完全符合证言。而且这回提出的假说需要满足她的猜想。也就是从无数的可能性中只能选出特定的一个，难度级别又增加了。

扶琳重新开始思考，但是她已经被否定了两个想法。新的启示不会那么容易就到来了。时间一刻一刻溜走，现在只能是白白浪费时间了。

扶琳陷入思考大概十分钟了。

水槽里的水已经过半。侦探似乎又想到了新的办法，开始敲打水槽。扶琳很想告诉他能不能安静点，这样会打扰到她的思考。

"哈，老佛爷，那可真像一个水牢啊。"

俪西就像是日常聊天似的搭着话。

"看着那个水槽，有没有想起恐怖的'三白眼的溺鬼'的时代。那时你很擅长水刑。灌水漏斗、盖脸湿布，还有沐浴冰水的吊车式惩罚椅子。"

就像唱歌数拍子一样，俪西掰着手指数着。

"给犯人肚子里灌满水，然后踢他们的肚子，从嘴里喷出水来的'潜水舰'的惩罚，可是相当具有观赏性的节目呢。然后，老佛爷的技能中我比较喜欢的是把辣椒放入汽水中，然后灌入犯人的鼻子里，叫做墨西哥流的惩罚……"

让人想起了恶心的往事。扶琳僵硬地笑了笑。这个女人说的都是些血腥重口味的事。烦人。或者这就是她妨碍我思考的战术。

"和你的手法比起来，CIA 的水刑组织简直就是小孩子的戏水游戏。话说回来，水车也是水刑道具。说起水牢，不禁就想起了那个大魔术师哈里·胡迪尼的水中逃脱剧'中国水牢'……但是在拷问的世界里，所谓的'Chinese Water'一般指的是往额头不断滴水的水滴拷问法。啊，对了。老佛爷，你知道不，这个水滴拷问法名字里虽然有个Chinese，但它实际上是十五世纪的一个英国法律学者发明的。真是天大的冤枉啊。大家说不定会觉得中国人很变态吧……"

沉住气，屏蔽掉周围的杂音从头开始思考。说不定她口中的所谓"提示"也是一种干扰。暂且回到原点吧。

前检察官老人说过，这个事件的关键点只有一个——遗体和凶器分离的事实要怎么解释。

从物理角度来说，只有两种办法。要么移动凶器，要么移动尸体。但是至今没有能够移动沉重的断头台的手段。那么就剩下如何抛开尸体。

想到这里，扶琳突然想到。

抛开尸体？

脸上浮现出苦笑。她用手指捻动着烟管，烟灰掉落。

"……你打算追加提示吗？"

"唉？"

扶琳用烟管的尖端指向女帝的眉间。

"霹雳车，或者投石机。那就是你封存起来的诡计的名字。少年利用水车和慰灵塔制造出了原始的投石机。然后就那样把尸体投掷到了祠堂里。这就是你想到的事件真相。"

*

——有一种投石机名为霹雳车。

那是在中世纪欧洲用来摧城拔寨的兵器，能将巨大的岩石等重物投进敌方的阵营里。外表类似起重机，或者说形状如同支点远离中心的跷跷板。使用杠杆原理把重物投掷出去。构造如同玩具般简单，但却在实际战争中被广泛应用，可以视为其性能的鉴定证明。具有人力无法企及的远距离投掷能力。甚至还有能够把一百四十千克重的岩石，扔出三百米远的投石机。

"少年烦恼的是即使有了逃脱的点子却没有制造装置的材料。"

从俪西表情的变化中，扶琳感觉到这次猜对了，她微微一笑，继续说了下去。

"但是，投石机却做得出来。它本来就是一个简单的跷跷板。必要的素材有三个，作为跷跷板的棍子、支点和重物。这三个东西村子里都有，家畜的慰灵塔、水车的转轴和爆破'洞门'时的岩石碎块。少年还在投石机和悬崖间拉了绳子，说明打算用它来逃跑。但是不知道发生了什么意外，只能用投石机来投掷自己的尸体了。这里还有一个关键点，河流是从祠堂方向往下游流动。也就是说水车的旋转方向是向着祠堂的。因此使用投石机的话自然就能投向祠堂。顺便补充一下，俪西你所说的室内的提示，指的就是把侦探扔进水箱的机关。完全就是投石机的构造。要是旋转速度再快一些，侦探就要被砸到墙壁上吧。"

俪西不为所动，露出了微笑。

"追加的提示你好像也明白了呢？"

"当然。不如说这才是重点。此外还有一个提示，就是你说的'惩罚椅子'这个词。其实它的操作原理也是一样的。惩罚椅子是中世纪欧洲审问异端时使用的水刑用具。它也具备跷跷板一样的结构，把拷问对象绑在椅子上沉入池塘或从河里再拉出，让拷问对象遭受地狱般的痛苦。"

这个拷问装置在中世纪是相当普遍的道具。"忏悔椅子"、"折槛槛"、"施肥车"等，在欧洲各地它的名称丰富多样。在那其中因为形状相似，也存在"霹雳车"的别名。

*

"正解，老佛爷。"俪西展开扇子，转动手腕展示了扇子上的用英语写的文字——WATER WHEEL TREBUCHET（水车投石机）。

"但是这才说了一半。这个诡计的本质不仅仅就是这些。还有少年的尸体为什么会被投石机扔出去？为什么尸体的头被砍了呢？这些问题要是答不上来，可算不上及格。"

这女人还想接着玩吗。即便是扶琳也快要忍耐到极限了。难道她本来就不打算放了侦探？这样的话就得使用些强硬的手段，哪怕风险大点——

就在这时。

砰！什么东西被踢飞的声音。

扶琳无言注视那个奇妙的透明四角物体，嘎啦嘎地滑过地板滚到了她的脚边。抬起头，全身湿透的侦探已经站在了水槽外面。

"怎……"

"怎么出来的？你！"

扶琳比俪西抢先问出了这个问题。但是他没有作答，而是若无其事地回到了桌旁自己的席位上。

右边的委托人惊讶地合不拢嘴。扶琳的神情也不是没有巨大的变化。沐浴在两人惊叹的视线里，侦探用毛巾悠然地擦脸。之后他伸出大拇指用力地指向背后的水槽。

"开了一个洞。"

扶琳再次看向水槽，侧面有个四角形的孔。她目光闪烁惊讶地问："徒手……在水槽上……挖了一个洞？不！但是上芨，你是如何做到的……"

"我又不是剪刀手，不过是利用了丙烯酸的性质而已。在水族馆的水槽等处广泛使用的丙烯酸树脂，强度和透明度高，但是耐热性和玻璃差不多，都比较低。一般的丙烯酸树脂在八十摄氏度左右就会开始变形。"

"你加热……水槽了？那你随身带着燃气喷嘴？你不抽烟又没有打火机……"

"虽然没有这些东西，但是我带了这种便携的东西。"

侦探转动了几下手里的黑色小型手电筒。

"这个东西在关键时刻还可以用来防身，超大功率的激光笔。因为功率大到能够点燃火柴或者烟草，火柴的着火点大于一百五十度，那丙烯酸树脂就更不在话下了。"

超大功率的激光笔！

这个落后于时代的侦探居然能拿出如此前卫的道具！

"另外还有这个，可以当作突刺武器的超高硬度的战术笔。确定了逃脱战术后，我先用笔在水槽上面涂了一部分，然后用激光加热让它变软，再开了个小孔。再进一步反复操作这个步骤，像邮票一样开出了四角的切割线小孔。最后踢破水槽，就做出了漂亮的逃生口。"

真是意想不到的密室解法。侦探居然会以这样蛮干的方式突破密室。

"另外，还有一种办法。铝制一日元硬币和暖宝里的氧化铁一起能够发生铝热反应。这个反应会释放大量的热量，关键就在于能否控制好反应。风险较大，反应过大有可能导致水蒸气爆炸把整个房间炸飞。"

已经听不懂他在说些什么了。扶琳哑然地面向对面，只见俩西一副身体马上要脱离椅子的模样，一脸浓厚兴趣地探着头。仿佛鼬见到了爱吃的蛋一样，那双眼睛里闪耀着某种光芒。

"你真有趣。"

羽扇送来一阵风。

"这个逃脱方法很意外，超出了我设想的范围。你挺能干啊。"

　　侦探微微点头，抬起手向上捋了捋湿漉漉的蓝发。接着他摘下了手套，使劲地拧干水。他身上穿着的背心也被脱了下来，两手用力，仿佛是在拧抹布。

　　应该是俪西给的指示，数位侍女走过去接过侦探手里的衣服，再递上了毛巾。他笑眯眯地接下了。

　　"呀，多谢了。这种坦率的气氛真是让人高兴。但是宋女士，对你的赞美我深感羞愧。虽然气氛难得，但我不能给予你同样的赞美。理由就是——"

　　侦探把毛巾挂在脖子上，从容不迫地伸手拿起了桌上的绍兴酒。他把酒倒入玻璃杯中自斟自酌了起来，就像是喝泡澡结束前的那一杯酒，一饮而尽。将空了的酒杯举在眼前，侦探露出了无畏的笑。

　　"那种可能性我早已料及。"

*

　　听到了吗——

　　现场的气氛骤变。俪西侧身挂靠在椅子的扶手上，翘起二郎腿，那白皙的手背托起小巧的下巴，仿佛是在罪人面前的酷吏一般，她的嘴角浮现了一抹带着邪气的艳丽笑容。

　　"这就是说，我的水车投石机，你已经想到并且做出否定了？"

　　侦探点头。

　　"怎么说呢，这可真是有趣的玩笑。不过，还是没有你突然从水里逃脱出来好笑。"扬起扇子的羽毛，她掩住了嘴角。

"证明。"

侦探把视线转向手推车的宝箱。

"证明已经写在了报告书里了。然而，宋女士，现在还没到反证的阶段。"

"怎么回事？"

"你的假说尚未完成。对于还称不上是假说的假说，我这边没有义务去反证。如果还要继续比赛的话，请先补充完其中欠缺的部分。"

"原来如此 。"

扇羽的顶端轻抵着那张白玉般的脸颊。

此时委托人难得地插话了：

"那个……我也希望您能完成。听了你们的对话，我明白了堂仁君尸体的搬运方法。但是完全没有提到他是怎么死的……"

俪西点头表示同意，小指轻弹了下嘴唇说：

"我知道了 。你的意见最重要。但是这个问题比较麻烦。"

总算听到了这个女人的一点真实想法。果然还是觉得说明麻烦吧。

俪西稍微默默思考了一会儿，宛若要举行隆重仪式般坐直了身体。由银和珍珠制成的耳饰发出了悦耳的响声。她换了只脚，二郎腿的姿势稍有改变。轻抬下巴，俪西看向了这边。

"那好吧，我来说明一下。"

羽扇挡在胸前，孔雀羽毛上的圆形花纹就像怒目一样威吓地看着我们这边。

"我所构想的这次事件的真相……要说的话，刚才的'水车投石机'不过是吸引人的舞台道具。重要的是如何活用这个道具的脚本。接下来我要说的是……被命运无情玩弄的自小就成为了'莎乐美'的少女的故事。关于那份悲恋的始末，请拿起手绢来垂听吧——"

*

首先，要从这个少年计划如何从村里逃出去说起。这个村子四面都是悬崖峭壁，脆岩石壁无法攀登，也无足够的材料做梯子，投掷绳钩又够不着，弓箭就更不可能了。还有，就算用石膏加固崖壁，用箭把绳箭射过去，也会由于墙壁太硬被弹回来。简直就是天井天牢。只能称之为"天造地设"的天然监狱。

那么，是要老老实实地被驯养成家畜？还是作为鱼槽里的鱼结束一生？

少年不愿意！他活用自己的才能，谋求更进一步的手段。弓箭不行的话，那就使用更强力的道具，只要能投掷到远离崖壁坚硬部分的地方。为此少年每天绞尽脑汁，终于想出了一个巧妙的办法。

那就是前面说的大道具——水车投石机。

*

扶琳略微思索了一下。

"在瀑布干涸以前少年就想到了这个办法吗？"

"是的。正是如此。"

"那为什么不早点做好逃走呢？"

"老佛爷，是因为想做也做不到。水车一天到晚都在使用，还要注意不被其他信徒发现。地震后瀑布干了，信徒们全部滞留在参拜殿里以后，少年才有了机会去做。"

扶琳让烟管的烟缓缓升起。这个说法能接受。只要水车在运转，或是要避人耳目就无法动手。地震致使各个条件都具备后，这个想法才能实现。

"那么，接下来少年的头是怎么被砍的呢？"

"嗯，即将对此说明……"

*

"少年使用水车投石机，想要把钩绳扔到很远的地方，再借以挂在崖壁上的绳子逃走。这就是他想出来的逃脱方法。就算手工做的弓射不了太远的地方，他也没有放弃，反而想要制造更强力的工具。这正是擅长制作东西的少年独有的想法。

"另外，最初想到这个方法的时候，少年是打算背着少女逃走的。所以才会测量小猪的体重和尺寸，检查绳子能否承受得住她们的重量。接下来，瀑布干涸，宿舍被毁，信徒们聚集在参拜殿。由于没有了其他信徒的监视，少年找空当开始制作水车投石机。慰灵塔就是此时被砍倒的。作为重力源的岩石块是使用了那辆平板车搬运而来。但是因为之后发生的事，我认为平板车被暂时放回了家畜小屋。

"把慰灵塔的长柱子和水车的转轴组合起来非常困难。幸运的是柱子就在水车附近。只要花工夫还是能做到的。比如少年把车轮装进水车，把水车当作绞轮，再配合绳子，让柱子立起来的操作也变得可能了。另外要把碍事的机翼去掉。

"至于重物，可以用麻绳织一个网兜，绑在柱子的一端，再爬上水车小屋屋顶就能把岩石碎块放进网兜里，还可以根据需要调整重量。放置投掷物体的投掷台，把从水车上取下的刮板装到柱子上就可以了。

"事前将食物搬过去准备好，巧妙地度过了最后的晚餐和褥被。少年一心等待着逃脱的机会。装置做完以后没有立刻逃走是因为少女的母亲不愿放开她。随后信徒们开始集体自杀，少女母亲死亡，少年把少女从参拜殿安全带出去。

"到此都按着少年的计划在进行。虽然说是顺利但是他们的遭遇却令人痛心。通往未来的希望是看到了，但是少年少女的亲人也不在了。两人本该携手挽腕共同开创美好的未来。

"但是一个……小小的一念之差……"

*

"一念……之差？"

扶琳反问，俪西露出怜悯的表情缩了缩下巴。

"正是。老佛爷，只要按钮有一丁点错位，少女淡淡的恋爱物语就成了悲惨的爱情故事。不过呢，正如所有的悲剧都有共通的故事梗概。误会、错误、混同、错觉——被这些细小的命运的捉弄，却能够极大的改变渺小人类的生命轨迹。"

*

契机就是从参拜殿逃离后少年改变了方针。在回到祠堂的途中，少年告诉少女要她暂时留在村里。

少年大概是这样考虑的吧。少女的安全是最优先考虑的事项。脚有伤的情况下在山里行动不便，而且也很危险。如今在其他人都死光就剩他们两人的情况下，就没有必要非把她从村里带出去了。此时让少女在祠堂里静养，自己一个人去求援，的确是非常合理的判断。

但是，听了这些话的少女脸色变得苍白。她觉得少年要抛弃她独自离开。

经历了那么悲惨的体验，本来就容易感到寂寞的少女的精神状态非常混乱。有过度的臆想也不是不可能的。而且少女的母亲是离异，也就是说她已经被父亲抛弃过一次了。如果当时她把喜爱自己的父亲，这些记忆重叠在一起的话会如何呢？

自己最喜欢的人又要抛弃自己了。

而且这次真的会变成孤身一人——

与其今后孑然一身——

这样的话，不如——

前往祠堂的途中，少年或许还去了趟水车小屋。因为要去确认做好的装置有没有被烧坏。少女在旁边守着认真忙活的少年，慢慢地，内心那颗罪孽深重的种子开始生根发芽。

于是少女支起松叶杖，轻轻转身朝着家畜小屋的坡道走去了。走到家畜小屋的断头台后她在那里坐下了，远远观望着少年干活，故意把松叶杖扔进了断头台下面。

终于发现了少女不在的少年就来到了她的面前。以为她是因为被自己置之不理而生气了，然后坐在了她旁边，耐心地说明了理由。

少女假装勉勉强强理解了，然后若无其事地对少年说"松叶杖掉那里了，帮我捡起来吧"。少年毫不知情，把头伸进断头台正下方的台子上去拾松叶杖。

就在那个瞬间，少女扳动了断头台的手柄。

*

砰！椅子重重倒在地上的声音。渡良濑站了起来，脊梁中传来针刺般的剧痛，她睁大了眼睛。双手用力拍打了桌子。手边的汤洒了出来，弄脏了桌布和她的袖口。

"那根本不可能！那种事怎么会发生！"

她激动地叫喊道。连扶琳都有点被镇住了。当初给人乖巧印象的她竟然如此愤慨！

但是毫无疑问，和之前老人的说法比起来，这个说法更有杀人事件的感觉。老人主张的是神经衰弱状态下的冲动杀人，这次则是清楚自己所作所为的计划杀人。动机是"不想变成孤独一人而杀了少年"，这样的非常自私的理由。

"不过这是因为臆想过度造成的。"俪西如仙女西王母般美丽的脸上露出慈母般的微笑。

"小姐，您会生气我能理解。诚然是非常过分的假说。仅仅是想把爱的人留在身边的话，不用砍掉头，斩断双脚就可以了……至少我会那么做。可是，那时年纪尚幼的你也很难想到这样的办法。所以才造就了悲剧。人类令人忍俊不禁的愚蠢判断，会带来无法挽回的结局。那虚无的人生观才是悲剧的本质……"

无论怎么想，委托人愤怒的原因也不是因为人体部位的选择啊。这个女人有可能是故意为之。用犯人的话来说，折磨对方才是她任职以来的兴趣所在。

"无论如何，这不过是一个'可能性'的故事。希望各位淡定地听我讲完……对了，老佛爷，这样的展开是你所喜好的吧？别人的不幸就是你的蜜糖。喜爱悲惨的恋爱胜过有情人终成眷属。偏爱残酷无情胜过平淡无奇。香气愈发浓烈的戏剧才更加吸引下贱世人的嗅觉。"

忽然，少女回过神来。眼前只有少年的尸骸和庙堂的空洞。

少女的精神已经处于正常和疯狂之间的虚空之下。跨过最后底线的少女丧失了理智，就像是被魔鬼附身似的开始了接下来的某个行动。

首先，少女去拉动小屋附近的搬运家畜的平板车。少年的躯干已经从断头台上滚落，她抱起少年的头和松叶杖放在车上，拉着车朝那条坡道去了。把车拉到少年造的投石机装置旁边，再把少年的尸体滑进投掷台上，她自己也站了上去。

是的——少女想和少年的尸体一起逃离这个村子。

先前说的少年又把平板车推回了家畜小屋的理由就在这里。这也是平板车在水车附近的理由。

年幼的少女只能想到投石机是用来飞到悬崖上面去的吧。当然也没有细心到会考虑重量问题。把少年的头和躯干一起带走是不想把他留在村子里腐烂发霉。原本就是不想变成一个人才杀了少年，要是把重要的他留在现场岂不本末倒置。

为了不让一端承重的投石机转动，事先用麻绳固定住了。由于站在投掷台上无法用刀具切断绳子，少女应该是用火烧断了固定用的绳子。使用别的绳子或者其他什么作为导火索点燃固定用的绳子。少女紧紧抱住少年的躯干，把少年的头和松叶杖夹在她和少年的躯干之间。绳子被烧断后，跷跷板弹起来，两人被抛向了空中。

但是，这个投石机原本是用来投掷钩绳的，很容易推测到无法把重达两个人的物体抛到悬崖之上。两个人划了一个低的抛物线，径直飞向悬崖壁。好在运气不错，在他们前方还有一座'拜日祠堂'，而且入口对着他们。河流的源头以及水车旋转的方向都在祠堂那边，还算幸运。祠堂就像吸水的鲸鱼把他们吸了进去。

后来的结果正如大家所知道的。

哈？后来投石机装置怎么样了？跟警察搜查的结果一样被烧毁了吧。火源就是少女用来烧绳子的起火装置。那堆火把制造投石机的慰灵塔柱子和绳子都烧毁了，不用想也知道是为了隐藏杀人方法。

接下来就是少女抱着的"像头一样的东西"……我就直截了当地说吧，那是少年的头。被抛出去的时候夹在少女和少年躯干之间的头，对她来说就是'抱着的'感觉。因此，少女的记忆不见得有误。因为她确实是被少年抱着，又怀抱着少年的头到了祠堂。

以上，就是俪西我想出的这件事情的始末。

总之就是像莎乐美那样主观臆断酿成大错的少女的故事。

奥斯卡·王尔德的戏曲《莎乐美》里面，公主对施洗约翰的爱越发疯狂，于是作为给希律王跳舞的报酬，她索要且得到了约翰的头。可以说是猎奇的爱。相反我们这里是怯懦的爱。害怕孤独，为了不永远失去所爱之人便用断头台斩其首而据为己有。但是要说无底洞般欲望，我们的少女更上一层楼吧。为什么这么说呢，因为莎乐美也只是要了头颅，而少女连其躯干都一块儿要了。

*

到此，俪西讲完了她的故事。

她刚说完，侍女就用银盘端来一个杯子，里面是她喜欢的荔枝果汁吧。俪西愉快地拿起杯子，用吸管开心地喝了起来。

狐狸精。扶琳在心里狠狠地骂她。这哪里是"嘴笨"，完全能和从事演讲行业十年的讲师相媲美，可以去讲课了吧。

再看看旁边的侦探，这个男人似乎把俪西的故事当作下酒菜品着绍兴酒，看他十分愉快的样子都微醉了吧。你是来夜上海观光的吗？

只有委托人渡良濑一人，脸色像将死的病人，呆呆地盯着空气，好像那里有不一样的世界。对于当事人她来说，俪西的故事不是能够笑着听下去的。犯罪性和动机的黑暗程度远高于老人的假说。

但是这真的是真相吗？

就算称之为假说也是荒谬的。居然说两个人是因为偶然飞进了洞里。投石机原本是攻城器械，不是载人飞行的道具。被投石机投掷出去，很有可能会像被投出去的石头一样猛烈地撞上墙壁或者地面，不死也会残废。

"……物理上不可行吗？老佛爷。"

俪西再次看透这边所想。

"但是，偶尔也有被车弹出去的石头直接击中路边行人的头的意外情况。关于落地时的冲击，请这样考虑，当把球垂直向上扔出去，球达到最高点的一瞬间是静止的吧。无论什么样的物体，只要向上抛出，垂直方向的速度为零的情况必然会出现。如同利用蹦床跳到高处一样，在合适的位置着地就可以。"

扶琳面有怒视。

这个女人不但喜欢破坏人体，更是通晓伤害耐性的研究。

所谓伤害耐性，指的是人体对物理伤害与冲击的承受度。研究这些需要相当程度物理学的知识。为了这种研究去学物理还真是前无古人后无来者。

"露出了相当不安的表情呢，渡良濑小姐。"

正在这时，自斟自饮享受着私人酒宴的侦探突然面向了委托人开口。

"刚才这段话那么让你在意吗。但是，记得我之前说过，那种可能性我早已料及。"

侦探端起不知道是第几杯的绍兴酒一饮而尽。啪的一声把杯子放在了桌上。向上捋了捋半干的蓝色头发，弹走沾在手指上的水滴。潇洒地翘起二郎腿，微醉的眼神看着玉座上的俪西。

"宋女士，我已经明白你的假说了。接下来我们再回过头来说说这个假说。"

*

"洗耳恭听。"

俪西端着杯子靠在扶手上，换了一个放松的姿势。

扶琳也不甘心似的悠然地吸起了烟管，心中却一点都不平静。夸下海口也就算了，不过真的能做到吗？他这是要对抗物理学吗？

"宋女士。"

侦探以称呼作为开端。

"想不到你对男女恋爱很有兴趣嘛。"

扶琳稍稍向下滑落了身体。侦探要从这个话题入手吗？

"我喜欢爱情故事。"

俪西爽快地回答。

"挺意外的。扶琳之前说了你现在的生计是黄……我还以为你是那种看破红尘的女性。"

"兴趣是兴趣，工作是工作。"

"兴趣的话，你私下里会看恋爱小说之类的吗"

"会的。日本的小说，少女漫画都会看，最喜欢的书果然还是《红楼梦》吧。"

"啊，你是红迷？那我能理解了。难怪你的侍女们全是美少女。"

扶琳太阳穴附近的青筋暴起。这么和谐的对话，还磨磨唧唧讨论双方兴趣，这是相亲现场吗？快待不下去了。

"把年幼少女的心理状态等同于公主莎乐美，是不是过头了？"

侦探总算改变了声调。扶琳啪地竖起耳朵，要开始了吗——

俪西以扇掩口。

"女人心可是成长速度惊人的东西。"

"但是恋爱之心和异常性爱不一样呢。"

"异常和正常的界限到底在哪里呢。倒不如说心理未成熟的孩子，无法明辨善恶才更容易做出可怕的事情。"

"不是说女人心成长快吗？"

"女人心和道德感不是一种东西。"

打算从动机攻克吗？扶琳轻吸一口烟，的确动机这块比较容易入手。但是——

那把扇子的后面漏出了笑声。

"好像您很难理解纤细的少女心呐。但是先生，这不过是有可能发生的故事，只要可能性的概率不为零，就不能说不可能。想要所爱男人的头，不是世间所有人都能理解的……"

确实如此。动机怎么解释都可以。从这里下手是下策啊——

"莎乐美公主的情欲让她想得到约翰的头的故事，不过是奥斯卡·王尔德编造的故事而已。"

侦探还没喝够绍兴酒，又满了一杯。

"戏曲参考的原著——圣经中莎乐美只是听从母亲的指示索求了约翰的头。但是又如何呢。现实中因为恋物癖而导致的犯罪有很多。更何况少女是那么爱少年，这一点我承认。"

承认——动机了？

"……但是呢。"

侦探持玻璃杯子的手竖起了食指。

"那么，这就有一个疑问了。一个琐碎的疑问。如此爱着少年的少女，为什么醒来的时候是和少年分离开的？在你的假说中，少女紧紧抱着他的尸体一起被投掷出去了。这样一来少女就会以挨近少年的姿势醒过来——故事不该是这样的吗？"

俪西把视线移到最高处。

"的确是个琐碎的疑问呐。"

她随后眯缝起了眼睛，是在探寻侦探这个问题背后的真正意图吧。

"答案很简单啊。以少女的腕力，被弹飞以后没能承受住冲力，中途松开了手。现实中的物理法则都可以用随机性解释。"

"两人要是在空中分开，那么飞行轨道就改变了，他们之间夹着的松叶杖和头就会随机掉落。如此，都落到了祠堂里是不是不太可能。"

"那么就是落地时的冲击力让他们分散了。"

"那就奇怪了。你之前的物理说明中，两人几乎以零速度接近地面，以没有冲击力的状态着地的。你或许是忘了少女的脚上还打着易碎的石膏。既然石膏没碎，就是证明渡良濑推不动平板车的理由之一。如果落下时有一定的冲击力，石膏又没碎的话，道理就讲不通了。"

此时，俪西露出虎牙笑了。

扶琳见了吓了一跳。这个女人露出犬牙笑，她终于露出了敌意。到目前为止都是在试探侦探的实力吧。让这个女人露出本意的过程可真漫长啊。

"你是要从这里进攻吗？"

"你在试探我吗？"

"怎么会。我不过是省略了一些细小的说明。"

嘻嘻，俪西笑着挥动扇子，终于露出了一直隐藏的獠牙。

"并不是如侦探先生所知的那样困难，只不过是语言上的措辞罢了。根据少女的描写，祠堂的高度大概在悬崖的中间位置。少年说悬崖有三十米以上，也就是说祠堂高度是十五米以上。将物体扔至十五米高所需要的初速度，不论多重，时速大约要六十公里以上。这样一来，不只是垂直方向，包括水平方向上的速度也不能无视。即使在最高点着地，也会产生相应的冲击力吧。然而奇怪的是，少女脚上易碎的石膏完好无损。擦伤没有，就连衣服上也没有在地上摩擦损坏的痕迹。哎呀，这是怎样的一种魔法啊——"

她一边讲了很多对自己不利的证据，一边使劲儿扇着羽扇。脸颊微微泛红，看来是来了兴致。仿佛青楼女子招引客人一般，水盈盈的双眼流转万千，朝着侦探暗送秋波。

"……如果是熟悉丙烯酸这类材料的先生，想必已经知道魔法的本质了吧。"

侦探点点头。

"是……祭坛吧。"

"是的。那个祭坛是用聚苯乙烯泡沫做的。这个材料的两大特性是'断热性'和'吸收冲击性'。聚苯乙烯泡沫是优秀的减缓冲击力的材料。那时两人偶然撞到了祭坛上，然后分别落到了不同的地方。冲击力在这个过程中被缓冲了，因此少女的石膏才没碎。先生，你自己中了我设下的圈套不是也毫发无伤嘛。"

*

是……祭坛？

扶琳晕乎乎地重新含起了烟管。只是用聚苯乙烯泡沫的箱子恰好堆摞成的道具祭坛，来代替缓冲的垫子？不，那怎么说也——

"……稍等下，俪西。"

扶琳忍不住插了话。

"祭坛在后来的余震中毁坏了吧？"

"只是可能在余震中毁坏了。"

俪西露出天真可爱的微笑。

"从现场的情况来看，祭坛是什么时候毁坏的并不清楚。少女醒过来后的回想里也没说是面向入口的，因此祭坛的情况不明。"

"但是，聚苯乙烯泡沫能完全抵消冲力吗？"

"没能完全抵消，也不能如此断定吧。"

"如果落到了聚苯乙烯泡沫上面，少女身上肯定会粘上一些碎片吧。而且还有可能被祭坛上的刀刺伤或者被花瓶里的水溅到。少女醒来的时候也完全没有提到'落到了祭坛上'，这样的字眼一个字都没有——"

"祭坛上盖了布。碎片没粘到身上也不奇怪。刀啊，花瓶，在降落过程中很好地避开也没什么问题。落到祭坛上后反作用力可能会使他们滚到地上去。我再次申明，少女的描述中无法确认祭坛的状况。醒来的时候所爱之人的头颅就在眼前，这样的冲击力恐怕其他的也注意不到。"

扶琳咬紧了牙齿。

"……我想起来了，祭坛的前面还有一个小型鸟居吧。成年人需要弯腰才能过去的高度。要撞到祭坛之前，首先也要撞到鸟居吧？"

"既然大人能够钻过去，那他们也可以。"

哈哈，俪西淘气地笑了。扶琳重重吐了口气，压住了心中的愈发加深的焦躁。

"被投石机弹出去的两个人，偶然地飞进了祠堂里，偶然地穿过鸟居，再偶然地巧妙地避开祭坛的东西完美地落在上面——如此胡来的偶然，有可能连续发生吗？"

"……老佛爷。"

俪西就像品尝鼬的猎物肉一样，露出了陶醉又凶恶的笑。

"这些偶然只需要发生的可能性，那就是这次比赛的规则。我好像对老佛爷说过，'水车投石机'这个答案只是一半吧。也就是说诡计的名称还有后一半，不如说那才是我的诡计的本质。将水车投石机当成大炮，像打高尔夫球那样把他们打进祠堂的洞里，中途还要穿过小型的鸟居底下，再高明地躲开其他物体然后落到能够抵消冲击的聚苯乙烯泡沫造的祭坛上面——"

就像孔雀求爱一样，在她的头上的羽扇啪地打开了。

"这个诡计，最合适的比喻就是——技术高超的狙击手的针孔射击术。也就是说这个诡计的全称是'水车投石机·针孔射击'。"

*

水车投石机……针孔射击？

扶琳惊掉了下巴，当然没到震晕的程度。但她觉得自己就像是飞在高空中的鸟突然掉了下来，迅速地失去了意识。

"……俪西，你说的是认真的？"

"认真且严肃，就像参加组织干部葬礼时念悼词般正经严肃。我俪西无论是怎样的游戏，为了能玩得开心绝不会敷衍了事。"

还不是为了延长玩耍时间——

"俪西，我这样说可能有点拆台，但你不觉得这个假说非常荒谬吗？"

"在老佛爷听来，或许是相当含糊不清的反驳。就算说是荒谬也没有什么影响。这次比赛从开始就是荒诞游戏，我们双方都了解的吧。以马呼牛、指鹿为马，以石漱口，枕水而眠。牵强附会，自圆其说不就是这次的做法吗？在不分座次不讲虚礼的宴席上被人责难，真是极其不讲道理。"

推推托托，态度暧昧……

扶琳紧紧地捏住了烟管柄。没有比她更让人窝火的了。归根结底，就是"只要存在可能性就行"。

就算成功率只有十分之一，不，就算是百分之一，只要展示出发生的那一次的可能性就足够了。反观这边，则必须要基于切实存在的证言或物证来证明那一次绝不会发生。

最初就封锁了"偶然过头"的反论。这是多么旁若无人的规则啊。不能批判对手的方便主义真是——

遵循这种规则根本不可能正面取胜。如此一来就只有使诈了吗……只能坚持下去引诱对手犯错。尽管眼下看不到什么胜机，总之绝不能认同她的说辞。如此狗屁理论，即使是认同一点——。

"正是如此，宋女士。"

侦探开口。

"也就是说少女只要落到了祭坛上，就能避免石膏摔碎吧。"

什么？扶琳挑起一边的眉毛盯着旁边的男人，这屁都不通的理论都能承认——

侦探又倒了一杯酒。"但是，你的观点毫无意义。为什么这么说，因为少女醒来的时候祭坛还是完好的。也就是少女不可能落到了祭坛上。你的假说无法成立。"

*

俪西张大了嘴。扶琳见状条件反射地做好了防御准备。俪西再次露出虎牙，似乎是要威吓他们。她皮笑肉不笑地示意左右的侍女停止扇芭蕉扇。

"没有这样的证据，如今还需要我重申吗？"

"不是没有，而是你看不见罢了。去看该看的地方就会发现证据就在那里。"

"先生是说我的两只眼睛就是两颗黑珍珠吗？"

那两颗黑珍珠刷地变细了。不说自己是眼瞎了，偏要用珍贵的珠宝类比喻自己，这女人的自尊心真强。

"真是的，帅哥，你从刚才开始就老说些玩笑。那么请你证明。"

随便的口吻，俪西的身体靠在了椅子上。态度虽然冷淡，但是眼神里仍旧是一副马上就要下达诛灭九族之令的严厉神色。

侦探点头，又把手伸向桌上拿了一个包子，当作玩具球一般在双手间来回抛玩儿。扶琳忍不住盯着包子在他双手间来回移动。

"回想一下少女醒来时的情况，"侦探突然停住抛玩手中的包子，举在自己脸前，"她最初看到的是什么呢？"

俪西缓慢地摇着扇子，盯着包子。

"最初？少年的头……不，太阳？"

"都是正确答案。准确地说，少女首先感觉到太阳，然后发现自己面朝洞窟的入口，随后看到了地上少年的头。"侦探又把包子举到头顶，似乎想要透过灯光观察包子，"为什么少女会看见少年的头呢？"

俪西思考了几秒，发出"啊"的一声。

"正是如此，宋女士。少年的脸在背对着太阳的情况下是看不清的。"

就像日食那样，包子在侦探脸上落下影子。

"这点可以从少女在祠堂的'早班'时的回想推测得出。从祠堂里少女所处的位置，由于逆光无法判断人头是不是少年的，地上的小猪也看不清楚。因此从少年的头和她的位置来考虑的话，她很难一眼辨认出少年的头。对上视线更不可能了。"

孔雀羽毛停止了摇动。俪西难得的露出了赞叹的表情。

"是镜子吧。"

她抬起鹅蛋脸补充道。

"如果少女背后祭坛处的镜子反射的阳光照在了少年的头上，就算祠堂里再昏暗，少女也能一眼认出少年的头。"

侦探用力地点了点头。

"宋女士洞察力惊人。"

"就是说少女醒来的时候，祭坛的镜子没有倒在地上。这就是祭坛完好无损的有力证据。侦探先生是这个意思吧？"

"正是。"

俪西紧蹙柳眉，"祭坛上不是还盖着布嘛。就算是反射阳光，那也是把阳光从照射进来的方向直接反射回去吧。要让反射光照在地上的话，镜面要朝下方才可以。"

"女人心成长快可是你说的哦。宋女士。"

侦探放回了包子，再次拿起了酒瓶和酒杯。

"你还记得吗？'最后的晚餐'前，少女采取的行动——"

俪西睁圆了眼睛。

"天哪！打扮自己！"

"正是那样。原先证词提到的'最后的晚餐'之前，少女为了打扮自己而使用了镜子。特别是'把头发扎成自己满意的样子'，就必须要照着镜子。祭坛的高度和少女身高相当。镜子在祭坛的上面，所以镜子的高度在少女之上。如果少女使用了镜子的话，镜面一定是朝下的吧。然后镜子上的布没有盖回去就那样放置在原地，经过光线反射照在了少年那被砍下的头上。"

侦探静静地含了一口酒。

"当然这也不过是推测。但如果出现了'镜子上没有盖着布且朝下方'以外的情况就没办法说明了。反过来说，从'镜子上没有盖着布且朝下方'这个情况，才能够发生少女辨认出少年人头的行为。又从'少女一眼认出来少年的头'可以推出'祭坛上的镜子还立着'。装扮自己不过是用来加强这个推测而已。"

侦探再次把琥珀色的液体满满地倒上了一杯。完全没有停下来的意思——仿佛在说喝一斗酒能生出一百种的推理。

"宋女士，你的假说一开始就被参照的镜子所左右。如果少女撞到祭坛，石膏没事但是镜子会倒下。如果没有撞上祭坛，镜子安全了可石膏就碎了。然而现实是镜子和石膏都毫无问题。你的'水车投石机'假说要如何解决这个着地的问题呢？"

咕咚咕咚一口喝光了杯子里的酒。

"以上就是我的反论。"

说完，侦探终于把酒杯放回了桌上。

*

"钥匙。"

俪西终于朝我们伸出了手索要箱子的钥匙。

一个侍女端着银盘走到了侦探旁边，用银盘接下来侦探手里的钥匙，然后回到了俪西旁边。俪西用指尖捏起钥匙，递给了另一边的侍女，侍女打开了手推车里的宝箱，拿出装有报告书的箱子，用钥匙打开箱子取出报告书递给了主人。

"在二百三十四页。"

侦探补充说。俪西点头，哗啦啦地翻起了报告书。

"这里吧。第二章'尸体移动'的第四节，关于使用以重力为动力源的机械发射装置的可能性。"

垂下长长的睫毛，俪西看了一会儿报告。随后她抬起头，是普通的笑脸。

"确实是已经想到了。"

俪西交叉双腿，把报告书放在了膝盖上。手肘支在扶手上托起脸颊，就像是翻阅时尚杂志那样，她以轻松的姿态再次翻开了报告书。

"原来如此。地面昏暗，假设祭坛损坏，镜子偶然地竖着落下，那么阳光就照射不到镜子……哎呦，呵呵，少女只是用投石机把少年的遗体弹出去自己走回了祠堂，这个情况也否定了啊。对了，我也想过这个情况，只要少女的认知中'投石机是用来朝悬崖上投掷东西的装置'，那么她的动机就难以成立，毕竟不是用来朝祠堂里投掷东西用的。"

俪西似乎一脸愉快，还一边自言自语着。沉浸在了报告书中好一会儿，她才再次抬起头，把报告书递给了旁边的侍女。分开交叉的双腿，膝盖并拢坐直后，俪西将羽扇和双手放在腿上，她缓缓地低下了头。

"是我输了。"

哈——扶琳呼了口气，紧绷的身体放松了下来。总算是安全过关了。

"真是遗憾，这是一次难得和老佛爷再次联手的机会，谁想却中途遭遇伏兵。不过，能遇到这样的男人，世间真是广阔。人外有人天外有天啊。而我则是坐井观天的井底之蛙。"

尽管这个女人说着称赞的话，其实真正想说的是如此牵强附会的推理比赛，输赢根本无所谓。但是赢了就是赢了，不能让她抱怨比赛结果。

扶琳放下烟管，改变了主意，一把夺过了旁边侦探手里的绍兴酒瓶。首先来杯祝酒，现在不喝何时再喝。

侍女们撤下冷了的菜肴，重新摆上新的菜品和饮料。

侦探又对那些菜肴展开了攻势。委托人洗清了冤罪不再紧张，放松后她再次拿起了筷子和汤匙。

因为俪西的认输而迎来了终局，如同刑场上执行枪决前的沉重气氛一下子得到缓和。虽然是如坐针毡的数小时，但迎来了好的结局。侦探的胜利让委托人的形象也回升了。回过神来，自己的个人资产里又多了一家店。从结局来看真是万岁了。

还有一点需要注意的是刚才提到的"契约"。

这个等喝完酒再考虑也不迟。

"……老佛爷。和这次比赛无关，春节期间不一起回去吗？"

"不啊。"

俪西咯咯地笑了，这只鼬精好像被除去身上邪气了一样，很奇怪地露出了明朗的笑脸，对着自己的额头扇起了扇子。

"好吧。怀旧的话也说了，我也确认了老佛爷一如既往，没有改变。这次访日就只花掉了一家店的钱也值了。"

俪西惬意地说着，将视线定在了专心致志用餐的侦探身上。就像欣赏走私的稀有动物一样，俪西兴趣浓厚地盯着侦探看了好一会儿。

"话说，老佛爷……"

扇子一端指着侦探，俪西问道：

"之前你说这位先生不是你的情夫，是真心话？"

扶琳啜了一口酒回答：

"就差对天发誓了。"

"被老佛爷用来发誓，上天也会很为难吧。不过，这位先生的外表、胆量、头脑，用来慰藉老佛爷的无聊正合适。"

"我才没那么闲呢。他作为下金蛋的家禽，倒是非常可爱。"

"稍微把人家当人看一下怎么样……经过这次交手我算是知道了，这位先生虽然看起来像个笨蛋，实际上却很有实力。回顾我的人生，这是我第二次在必胜局中遭遇对手的逆转。第一次当然是你，老佛爷。"

"这个男人确实很有能力，但是在此之外，他的力量一直用错了地方。"

扶琳夸张地笑了，呼出的气息都能把酒吹洒了。

"恐怕要用一万张鼻涕纸了。而且他有严重的恋母情结。要是你听过他执着于奇迹的理由，就不会对他有好感了。"

"哈，是吗。"

俪西噌地站了起来，羽扇轻掩嘴角，若有所思地悄悄地离开座位绕到了饿狼捕食般的侦探后面。俪西盯着蓝色头发的后脑勺看着，清甜的檀香从她全身飘散出来。

"不过，你挺有意思啊。"

侦探拿着汤勺的手停住了，猛地抬起了头。

他似乎被背后突然传来的声音吓了一跳呢。扶琳双手张开，以如山贼般的架势喝着酒，歪着脑袋有些疑惑。什么，这是赞美的意思吗？这个女人对于欣赏的部下，可是会奖励比上缴金更多的赠物，就像迎接番邦纳贡一样慷慨大方。

俪西进一步靠近侦探，稍稍屈腰，慢慢靠近侦探的耳后，低声耳语：

"你，是我见过的……最有趣的人。"

扶琳的手一下子停住了。

嗯？

最有趣的？

*

眼下，横滨港口正要沉入海里的夕阳。横滨中华街稍稍偏南的地方，是可以展望港口的丘陵公园。现在正是观赏日落的好时机。

即使这里作为约会的好地方为人所知，但可能因为平日里凉气逼人，当前人影稀疏。公园里只能在广场上看见努力练习的街边艺人和对那些很感兴趣的小学生。秋风萧瑟，风景凄凉，让人忍不住想吟两句唐诗了。

如此寒冷寂寥的公园一隅，有两个紧紧相依的人影。形影如一，如同追逐鸳鸯互逐，一方抓住另一方不愿放手。

——这是在开什么玩笑。

扶琳半睁着那双三白眼，眺望着相依偎的两人的身影。在身影不远处的委托人渡良濑突然闯入。她的任务已经结束了，不知道为什么也一起跟来了。

她以那副干巴巴的表情继续看着那边，一个大大的人影回过头来。

"呐，扶琳，刚刚俪西说的什么，她说的中文语速太快没听懂。"

扶琳翻起白眼，听起来都那么害羞的台词，让我翻译吗？我可不记得什么时候成了恋爱小说的翻译家。

"有点上海口音，我也没听太明白。大概说的是挺中意你的吧。太好了呢，上芝，你要是做了那个女人的情夫，一辈子就衣食无忧了哦。"

粗鲁地回答了他的问题，扶琳从怀里取出烟管，一起拿出来的还有卷烟和刀片。户外不能抽烟丝，只好把卷烟切短塞进烟管里代替烟丝。

但是她差点忘了一点。说起来这个女人相当令人着迷啊。

虽然俪西对人的评定门槛很高，但是只要达到合格点，她就如同冰河溶化一般。"最有趣"的赞美，就是侦探的高分的证据吧。这个姿容端丽的侦探被相关者看上也不是一次两次了，但这次引来的却是一个麻烦的女人。侦探是天然呆，而这个女人又是历代最凶的女人。

白檀香女脱掉了华丽的服装换上同样白色外套。扶琳望着这女人的后背，满心苦涩地抽着烟。毕竟那个男人又不是自己的情人，别人对他有没有好感跟自己也没关系。但是心中产生的烦闷是什么呢？虽然是从未有过的心情，大概是类似于看到头脑缺根筋的情侣，在自己面前调情时的不爽心情吧。

唯一需要注意的一点，这个女人有把喜欢的男人做成标本的癖好。不过已经告诉过她两人的借贷关系，只要我的注意力还在他身上，她应该不会胡来吧。

然而，比起这些事……

"老佛爷。"

扶琳准备提醒她之前，俪西回过了头。

"发现了吗？"

扶琳闭上已经张开的嘴，点了点头。

公园入口处，不知何时停了好几辆黑色奔驰。几个穿着西装的人站在入口，阻止行人入内。他们中间还放置了之前没有的施工告示牌，估计上面还写了"施工中，禁止入内"吧。

明显是在驱赶行人。

是谁？为了什么？

突然，喵。一只猫从空中飞过来。

*

"俪西！"

扶琳大喊。猫弓起背，飞过扶琳头顶，划出了一条漂亮的抛物线，落在俪西他们中间。俪西向前踏出一步，在自己的面前展开了扇子，把它当作棒球手套一样，灵活地接住了那只猫。

同时提醒扶琳：

"老佛爷！"

眼角余光捕捉到一丝金属光泽，扶琳瞬间扭转身体，用烟管弹开了飞来的物体。

扶琳弹开后才注意到那是什么。跟日本的手里剑差不多的武器，叫做"镖"的中国暗器。但是这种武器为什么会出现在这里？

随后，响起了绢织品被撕裂的悲鸣。

朝着声音的方向看去，委托人僵硬得站在那里，语无伦次起来。

"侦探先生……侦探先生他！我……他保护了我！"

不会吧！扶琳惊讶地面无表情。被自己弹开的镖飞向了委托人，而侦探挺身而出挡下了！

"噢噢……太出乎意料了……"

附近又有了动静。扶琳沉腰摆好架势。是谁？警戒着回头一看，站在前方的是——本该在广场上练习的街头艺人!

走近以后,只见一个连高挑的扶琳都要仰视的巨汉站在那里。但是对方体型偏瘦,窄窄的肩膀加上长长的四肢,就像一只长颈鹿。他穿着灰色的双排扣大衣和灰色礼帽。毫无个性的服装,与其说是艺人,倒不如说像是从冷战时期的间谍电影中走出来的人物。

说出口的虽然是日语,但是却不是日本人,甚至不是亚洲人。从帽子下面能窥见浅蓝色清澈的眼睛和金色的头发。面容端正,眼神忧郁,像是东欧或是中欧地区的人,总之是斯拉夫人吧。

"真没想到,从那种死角给出的一击,居然轻易被你挡下。听闻中国有一个三只眼的妖怪。说的就是你吗?无论怎样,原定计划已经乱套。用一个日语词汇来形容的话就是'爆冷'……"

扶琳从上而下打量对方。

"你是?"

男人表情阴郁,嘴角一斜。

"初次见面的时候,我记得用的是斯德尼克的假名。不,是苏格尼克吗……当我以乌克兰某新兴财团的保镖身份见到你时,是阿克莱塞。与德国某地下组织敌对那会,我是艾克莱德。但是多次改变容貌,我已经不是那时的模样了。和我比起来,你倒是一如既往的美丽,或者说你的样子越发精致。比起像杉树一般纤细的你,如同鲁本斯的画一样具有肉感的你更合我意。我打心底喜欢现在的你,老佛爷。"

那种可能性早已料及

第四章

黑寡妇球腹珠

扶琳目瞪口呆，一脸惊愕地盯着眼前的闯入者。

这家伙要干什么，一上来就如此失礼的男人是……

乌克兰的寡头资本家、德国的地下犯罪组织——无论哪一个她都有头绪，但对这个名叫阿克莱塞还是埃弗路的男人却毫无记忆。既然对方说是变了外貌，完全不认识也是理所当然的吧。但是他只有这点身高，就算留下一点印象也不奇怪——

喵喵，刚刚的猫去了男人的脚边。他蹲下身抚摸小猫。

"哦哦，可爱的小猫咪。刚刚对你太粗鲁了，对不起啊。但是我知道就算把你扔出去也没问题。要说理由，那是因为她是个心地善良的女孩，肯定会救你的。"

他把猫当诱饵扔过来的吗。以这样的企图来看，他把猫扔过来那会倒是毫没犹豫。正如他预料的，给他制造出了可乘之机。不得不反省自己轻敌了。

"科西尔卡……阿克莱塞……"

俪西好像想起了什么，从扶琳背后发声。

"老佛爷，这不是任职于俄罗斯联邦保卫局防谍部的那个人？就是以前介入我们麻药事件被组织拘留、受到老佛爷'欢迎'的那人……"

啊——扶琳的脑子里浮现出了阴沉的金发俄罗斯男人的脸。话说回来，这会儿的气氛不太对劲啊？这个女人性格就不说了，记忆力很靠谱呐。

"……我确实会说俄语，也像俄罗斯人一样喜欢猫，但我不是俄罗斯人。"

对不起。一句冷静的道歉声响起。

这个女人的存在本身就不可靠。

"……你是哪里的什么人，这件事和你没关系吧。"

扶琳低声回应，瞄了一眼倒在地上的侦探，还有气息。

"在我的刀刃朝向你之时，就是你的生命结束之际。在你死之前，老实交代你的目的和雇主的情报。态度端正的话，我就不会像张献忠那样把你的皮剥了做成蝙蝠。"

灰色男人一副深受感动般的表情看着扶琳。

"鲁迅说过'明朝始于剥皮而终于剥皮'……吗？多么古典高贵的女人。宛如见到了伊凡雷帝的太平盛世时期的亲卫队队员。可以的话我真想和你更加和睦亲近，但是很遗憾现在没什么时间了……"

说着，男人从怀里掏出了黑色的小瓶。

"чёрнаявдова，英语叫做 Black widow，日文叫クロゴケグ

モ，中文的话叫黑寡妇球腹蛛。小瓶里装的是从这种蜘蛛里提取出来的生物毒素。健康的成年人被这种蜘蛛咬了的话，一般不会死。但是我们的蜘蛛是多次改良的品种，毒性大些。"

毒？扶琳再度转身，确认侦探的身体状态。不知何时俪西已经把侦探的头枕在她的膝盖上进行护理了。侦探痛苦地扭曲着脸，被汗水润湿的皮肤泛着光。那个居然还是毒镖？

"嗯……貌似毒性很强。不会刺到动脉了吧。"

"你……"

扶琳反握住烟管刚要威吓他，这个男人就举起小猫当作盾牌。

"美人，冷静！我向你那双雪亮的眼睛和这只猫发誓，我绝对不会乱杀人。一般情况下，很多生物毒素都没有解毒剂。但是幸运的是黑寡妇的毒有解毒的血清。当然我也准备好了血清。一个小时内给他注射的话还来得及。"

反过来说，超过时间就来不及了。

"你到底有什么目的？"

"不是困难的事。我的目的就是让我加入你们的'奇迹的证明'这个推理赛事。别无他求。"

"你……是猪吗？这个比赛里最重要的侦探都要被你弄得中途下线了，还怎么比赛？"

"这个也不在我计划之内。我原本计划的是，趁你被猫吸引注意力的时候，用镖扔中你。然后以你作为比赛里的奖品，向侦探申请入赛。真是乱套了。"

居然把人家当作抽签抽到的赠品！

"所以，不好意思，可以稍等一下吗。我现在要向雇主确认一下，这样继续比赛下去行不行。"

话到途中，不知哪里来的短信铃声响了起来。男人从口袋里拿出智能手机，翻阅信息。

"……好。得到了许可。那我们继续吧。顺便说下，你们那边可以出一个侦探的代理人。侦探的'否定的证明'应该全部写在了报告书里。如果有多余的话，我想要一份，不是原件也没关系。"

听到男人最后一句话，扶琳吊起嘴角。就在刚刚她想起了，能在如此场面下把人当猴耍的角色，在她所认识的人里面只有一个。

就是那个意大利人——

"如果我们以武力夺取的话？"

"难。血清在奔驰车里，如果不能加入这场比赛的话，有关人员会立刻毁掉它。老佛爷你可能误会了。不是说你们非要赢了比赛才会把血清给你们。只要接受这个比赛，无论输赢，比赛结束的时候都会把血清给你们。"

"无论输赢？输了也能拿到血清？"

"当然。只要你们认输。"

扶琳放松下来，改用原来的方式拿起烟管。

在对方的注视下，她从怀里拿出烟灰盒和刀片。要想立于不败之地只有取胜，或是僵持下去。但是侦探已经那样了，所以必须做个决断。

"还有，老佛爷，我的雇主不想和你产生私人上的过节。因此，作为这次把你卷入比赛的赔偿金，向你奉上了厚礼——你可以无条件使用芭提雅的按摩室和新宿娱乐设施。另外，如果侦探不幸去世的话，他欠你多少钱，我们会补偿多少钱。当然，前提是你们接受这场比赛。"

扶琳总算勉强露出了笑容。多么无微不至的怀柔政策。这是要剥夺我们执着取胜的理由吗。为了不留祸根事先打个招呼，另外还有使唤手下的手段。真不愧是在黑白两道都混得开的人！但是为什么要不惜做到如此程度？

扶琳含住烟管吸了起来，烟头宛如萤火虫一般闪烁起红色光辉。良久，她像吐丝的蜘蛛一样呼出白烟。没过多久，她仿佛是要反复回味烟的味道，又合上了嘴。

"行。那么比赛开始了。"

＊

灰色男嗖地从正侧面伸出手。

猫条件反射地从男人的肩膀绕过了脖子，最后在他的手上坐下了。就像训鹰者的鹰一样，猫应该被训练过吧。猫在男人身上走动时，他如同铜像一动不动。

"你能允许我加入这场比赛是我的光荣，老佛爷。"

毫无感情的语调。

"那么首先，比赛开始前容我口述以下内容，这次我们准备的假说是一种随处可见的奇迹戏法。用英语说叫'变身'，或者叫做调包。也就是说'人物替换诡计'。"

"人物替换诡计？"

扶琳盯着空气。"就是那个吧。也就是说用其他人替换了堂仁少年，是吧？"

"是的。无论是推理界还是魔法界，估计都是用烂了的把戏吧。说起魔术界的'人物替换诡计'，首先想到的就是——"

"原来如此。那时把莉世从参拜殿带出来的不是少年而是其他人。的确也是一种比较有可能的假说呢。"

男人如同发条坏了的人偶，瞬间静止了。

"等等，我的话还没说完。"

"确实，那样的话，隐藏凶器和尸体的移动都不需要了。"

扶琳没理男人，继续说了下去。

"集团自杀时的信徒们都低着头，面部朝下，慌乱中有人趁乱杀了少年然后代替少年的机会也是有的。使用少年的头的话，也能欺骗恐慌状态的少女。动机就是对少女的好感之类的——"

"老佛爷，我话还没——"

"但是无论怎么说，这个假说不成立。"

"老佛爷！"

扶琳把男人的抗议当作耳旁风。

"这已经证明过了。根据就是尸体的数量。村里所有的尸体一共三十二具。少年的那具尸体在祠堂里，余下的三十一具全部在参拜殿里。如果犯人最后从村里逃出去了，那么尸体的数量就会减少。但实际上尸体的数量并没有少，那就只能考虑是犯人一度回到了参拜殿里。可是很难想象杀了少年代替他的犯人会特地跑回参拜殿内自杀，首先是参拜殿从外面上了锁，沉重的门闩对于少女来说无法使用，所以不用考虑少女锁门的可能性。也就是说，不管什么样的替身法，无法解决参拜殿的这种矛盾的话——换言之你的假说在说出口之前，就已经破绽百出。"

扶琳向前踏出几步，向着如铜像般戳在原地的高大男人的脸上吹了一口烟。

"我已经驳倒了你的假说。"

男人用没有托着猫的手压住了帽子，似乎害怕自己的脸被人看见了一样，稍稍侧过了脸。

"所以说老佛爷你真是太性急了……"

他的声音里微微夹杂着一点羞耻。

"你的辩论对手，不是我。"

——什么？

这时扶琳注意到男人的大衣里面藏着一个小小的人。那是个小孩子，大概是上小学高年级的年龄。那孩子穿着有点大的茶色儿童呢子大衣，兜帽如同雨斗篷一样垂了下去。脚上是一次就能扣上的轻便运动鞋，背上是学生用的背包。

扶琳睁大了眼睛。那是刚才在观赏街头艺人的那群孩子里的一人。

少年沉默地从男人背后钻了出来。被暗红色的夕阳包围下，少年一动不动地站在那里。不久他靠近了这边。穿过十分警惕的扶琳，少年径直面向了倒下的侦探。

少年站在侦探的身边，用那还带着稚气的嗓音开口说道：

"真是好久不见了，上苙师父。"

*

上苙——师父？

扶琳一副看着异形生物的眼神，俯视着这个身高只到自己胸前的少年。然后她立刻想了起来。这个少年是——

"还记得吗？我是八星联。曾作为你的助手学习侦探本领。"

扶琳哑然看着两人，随后从背后传来了一道阴郁的声音。

"老佛爷，我应该说过，我的目的就是和你们一起比赛。接下来上演的马戏主角是他，我只是垫场戏而已。我接到的任务只是负责协调比赛。那么，老佛爷，我要说的台词是不管继续还是就此打住都在我的工作范围内。所以你有什么打算？"

仿佛扶琳之前的反驳没有发生过，男人淡然地重提起了之前的话头：

"说到魔术界的人物替换诡计，首先会想到匈牙利的'逃脱王'大魔术师哈里·胡迪尼。因绳索挣脱、中国水牢、越狱等各种各样的逃脱艺术为人们所熟知。其中最有名的是在桌子上将表演者与助手瞬间替换的快速交换魔术'变身'。"

　　男人用如电脑合成的无机物般的平淡声调继续说着。

　　"胡迪尼还有'心灵猎手'的称号。因为当时流行'通灵术'，他用魔术知识和天生的洞察力一个个揭露了那些通灵术的本来面貌。但他的行为使得一位和他有深交的作家变成了敌对的立场。那个作家似乎有意隐瞒自己的精神取向。他正是夏洛克·福尔摩斯的创造者阿瑟·柯南·道尔。"

　　男人稍作停顿。

　　"从'柯亭立精灵事件'就可以知道道尔支持精灵的存在。道尔实际上是一个心灵主义者。这样的道尔，怎么能忍受胡迪尼用粗暴的分析揭开神秘心灵术的面纱呢。另一方面胡迪尼自己其实并没有彻底否定灵异的存在。倒不如说他也是相信的。因为他最爱的母亲去世时，为了和母亲的灵魂交流，曾倾心于通灵术。对于那样的他，心灵术只是障眼法，除了侮辱他所相信的事物以外什么都不是。

　　"排除一切不可能，剩下的不管多么不可思议，都会是真实。"——这是福尔摩斯的名言。道尔笔下的福尔摩斯根本就是近代合理主义的集合体。能写出如此人物的如此台词的道尔本人却相信心灵的存在。而胡迪尼呢，一边用魔术迷惑着观众，却又致力于否定各种通灵术，何等讽刺的两个人。而根本原因在于两人都有相信神秘的想法。"

这句福尔摩斯的台词是蓝发侦探那句"否定所有的可能性，剩下的就是奇迹"——奇迹证明法的范本。他是有意为之的吧。如此一来，考虑这段口述是——

"……师父。"

小学生八星用不符合年龄的忧愁声音再次开口。

"您是道尔的话，那我就成为胡迪尼。引导迷途的师父是弟子的义务。但愿今天能成为您回心转意的日子。从永不停息的寻找圣杯之旅中解放，不是败北而是祝福——"

*

越发倾斜的夕阳给冷清的公园染上了橙色。在这安详的寂静中，委托人嘟哝了一声"弟子……"

侦探也发出了呻吟声，虽然意识不清，但或许是听到熟悉的弟子的声音，那具身体无意识地做出了反应。

八星联是曾经的侦探助手。

看样子又抽到了一张麻烦的牌。被誉为神童的天才，过去和扶琳一起行动过几次，少年的才气令扶琳赞叹不已。这样的天才少年却在南阿佐之谷的那间昏暗偏僻的侦探事务所里担任助手一职。扶琳对此常常会有一种违和感。

但是，几年前不知因为什么理由而被开除了。那么这次的参赛是要报仇吗？

少年站在侦探旁边俯视着那张脸，然后蹲下像是在测试脉搏一样，他久久地握住了倒在地上的男人的手腕。

然后八星安心地点着头，双手握住了侦探的手，又将侦探的手腕放回了先前的位置。

"原谅我的粗鲁，但如果不是这样，您就不会接受我的挑战。"

少年再次站起身，这次他将视线移到了扶琳身上。

"好久不见，扶琳小姐。这次你是师父的代理人吗？"

扶琳的烟管缓缓冒着白烟。

"正是如此。"

"我有个提议。能先让我看看师父的报告书吗？只要我的假说没有被否定，那就能知道胜负结果了。这样对双方来说都节约了时间精力。当然，我不会耍滑头的。"

扶琳用力吸了一口烟管。

"……哦。"

她吐着烟笑了出来。

"不要小瞧我，小鬼。"

久违的热情喷涌而出。

"要我当稻草人吗。虽然就是一场闹剧般的愚蠢比赛，但是我的性格就是找上门的挑衅肯定要打回去的。不必担心，赶紧说出你的愚蠢诡计来。我听完后定将你驳得体无完肤，然后解决完事。"

面对气势汹汹的扶琳，少年惊讶地合不上嘴，但毫无畏惧之色。

"啊，我没有别的意思……"

少年一边解释，一遍用手指挠着脸。

"看样子是我的措辞不太好呢。如果得罪了你，我道歉——我明白了。那么就按照规则，我要和身为代理人的你进行论战。但是，请尽量不要把比赛拖得太久。你也不想就这样失去我的师父吧。各种意义上来说……"

扶琳面无表情，从喉咙深处发出笑声。"刻意避开"的说法更让人生气，这个小鬼的毒舌是遗传自侦探吗。

"那么，我开始发表我的假说，主题就是刚才协调者说的'人物替换诡计'。"

八星再次走近扶琳，"但是，标题要更讲究一点。我考虑的方案中的诡计名称是'UBI·EST·DEUS·TUS'①，翻译过来就是'你的神在哪里呢'。"

走的途中，他头上的兜帽滑落了，露出了一头柔软的卷发和宽额头天真无邪的面容。睡乱的头发像小猪尾巴一样跳跃着。

"还有副标题'温弗雷德的清洁发电'。"

*

扶琳就像看到了美酒配杏仁豆腐这种怪异搭配。

"'你的神在哪里？'配上'温弗雷德的清洁发电'——"

……绘本吗？

这是第一印象。只看字面就是书店或者图书馆内并列放在儿童书籍柜台的那类绘本的书名。到底是什么样的诡计才会起这样一个标题。完全想象不到。

八星貌似在意自己那睡乱的头发，一个劲地用手指压着脑后的头发。

"那个，扶琳小姐，关于替换掉堂仁少年的矛盾点，你能再说一次吗？"

"关键是尸体的数量。"

扶琳顺应现在情况回答说。

"被发现的尸体一共是三十二具。除去少女后的教团相关人员总共三十二人。一人逃离的话就是三十二减一，人头数不对。即使是你这样的小子也能算得来吧。"

然而少年左右摇头。

"正好。"

那双圆溜溜的眼睛向上对上了扶琳视线。

"尸体的数量能对上。"

扶琳的三白眼斜瞥向了他。

"你是不是没有学过减法？"

少年八星把手搁头上挠了挠，露出了苦笑。

"不，当然学过了。我已经六年级了。不仅是整数、分数的四则运算也学完了。扶琳小姐，情况不是你说的那样的。这样吧，我们再确认一遍村里的人数。"

少年就像挥着指挥棍一样摇摆着手指，就像习惯了教书的老师巧妙地引导着话题。

"扶琳小姐，村里当时有哪些人？"

"……教团相关人员。"

"能再具体点吗？"

"教祖和干部，还有普通信徒们。"

"就这些人吗？是不是忘了重要的人物啊？那可是宗教团体。要无视对于宗教而言最必要的人物吗？"

以为是酒，没想到却上了一杯醋。扶琳的脸上稍露愠色。

"难不成，你打算说那个村子里有位神？"

"不是有吗？"

少年爽快地肯定道。

"不是空想，不是集团幻想，也不是思辨上的存在，更不是形而上学的观念。本质是实体——毫无疑问的物质上的存在。"

少年在胸前合上双手。

"御神体——"

*

"根据宗教不同，信仰的对象也是各种各样的。"

面对扶琳的无语蔑视，八星淡然地继续说。

"山川自然、天体、动物、死者灵魂、传说中的存在、纯粹的概念——基于泛灵论的多神教，在形成一个神教的过程中，人类信仰的对象可谓森罗万象。这里面肯定会有物理上存在的崇拜对象。本来神是肉眼无法看到的东西。为了能让眼睛实际感受到神的存在，人类需要某个具象化的东西来代替神。"

八星从口袋里取出来了一个透明的盒子。他从里面抽出了几张卡片展示给我们，卡片上面有只漫画风格的怪兽，还写着它的名字哥德什么的。那是在孩子们中间很是流行的交换式卡片游戏的战斗卡。

"拥有精灵信仰的日本神道，普通的御神体就是森林或者山之类的自然物，也就是是神篱·磐座吧。凯尔特人的话是坚木。图腾崇拜的北美洲居民是图腾柱。基督教派是禁止偶像崇拜的，取而代之的是十字架这种象征物，以及圣者遗留的圣物、圣画等作为替代物成为了信徒的心灵依靠。"

扶琳此时已经面有怒色。这孩子看上去像只可爱的兔子，实际上却是毒蝎。

"也就是说在你的假说……"

"是的。其实在这个村里的那位神就是一具人的尸体。如果遗体增加一具的话，就算一个人逃走了也是合理的。三十二减一再加一结果还是三十二。我的假说就是这样。"

"但是，你刚刚说了。基督教原则上禁止偶像崇拜。日本神道的神是森林或者山这样的自然物。这个教团的教义主要是基督教和神道的混合体。那么——"

"是的，神道的神是一般的自然物。但是那不过是原则上的一般情况。万物皆有例外。选择圣人的尸体或者骨头来充当圣遗物也不奇怪。在日本的神道中，日本桥箱崎的高尾稻荷神社里供奉的就是女性的头骨。神佛混合的佛教里的舍利子就是释迦摩尼的骨头。”

“但是，例外就是例外呢。谁也无法保证这个宗教团体会效仿那些例外——”

“啊，不……扶琳小姐。你忘了这个比赛的规则了吗？”

八星上下来回抛玩手里的卡片直接说道：

“我不过是提供一种可能性罢了。御神体的本体什么的，除了教团的中心人物以外谁也不知道。如今他们全都死了，这个可能性谁也否定不了。就算犯人从祠堂里把作为御神体的遗体带出去，原本其他人就不知道御神体是什么，所以把它带出来也可以不被发现。”

扶琳苦闷地抽着烟。又是同样的回避言辞。就像被切了又切都死不了的水蛭那般令人忧郁的规则。

但是，这的确令人头疼，多了一具尸体就意味着有了一个“来去自由的第三者”出现在村子里。如此一来，就能随意隐藏凶器和移动尸体。难以反驳。

接下来……这一刀要怎么回击呢。扶琳在心里捏了把汗。为了争取思考时间，她打算换一下烟草。就在这时……

“请等一下。”

犹如扬琴一样轻的声音响了起来。

"那种假说有明显不合理的地方。"

*

是俪西。

让侦探的头枕在自己的膝盖上，用手帕擦拭着他头上的汗，另一只手中握着的扇子也没有停下，为他扇着风。俪西细心地照顾着眼前的男人，同时将目光移到了这边。那副模样宛如从天花之下守护病人的天花娘娘，又或者是不吃暴死路边的旅人的白骨夫人。

八星把眼睛睁得像栗鼠眼睛一样，圆溜溜的。

"那个，俪西小姐啊。你为什么要反驳我的假说呢。不，也不是不可以。但是怎么说你也是师父的敌人，也就是说你该是我们这边的人。"

俪西以羽扇掩面，或许是害羞了。

"……按照契约，我的任务已经完成了。这之后就是我的私事了，要做什么是我的自由。"

"啊，也对。原本规则上谁来做代理人都可以，我不介意。那么俪西小姐，我的假说不合理的地方是？"

"时间点。"

俪西迅速作答。

"时间点？"

"替换尸体的时间点。但是在解释之前，有两三个需要确认的地方。如何？"

"请讲。"

"第一点,能够替换那个御神体,然后逃离的只有教祖一人。这一点能认同吗?"

八星点头回应。

"确实。信徒们的头都留在了现场。能和尸体替换的只有被护摩火烧死的教祖,才能骗得过身边的人。这一点没有问题。"

"那么第二点,替换堂仁少年的时间必须在少年从集团自杀逃离之前。这一点——"

"这一点也没问题。堂仁少年逃出去后从外面锁上了参拜殿,要是没有少年的协助就无法外出。但是好不容易死里逃生的少年不会再冒着被抓的风险回去打开参拜殿的门。而且少女的母亲也死了,少年也说过,最后的劝说没用的话,就放弃,两人再没有留恋的余地了。倒不如说不愿意再次见到悲惨的现场,这种心情更强烈吧。后来少年弄坏了门上的免灾符跑出去,在这之前,门是关闭的,因此不可能有人比少年先出去。"

"那么,这样的话就有点奇怪了。"

就像沉重的芍药花压弯了枝头,俪西垂下了头。

"教祖到底是何时何地与堂仁少年互换的呢?集团自杀的时候,少年坐在少女莉世的后面。处刑的声音逐渐变大,按照位置顺序少女应该要比少年先被砍头。另外集团自杀前,教祖一直呆在祈祷间。因此,期间是无法完成互换的。"

"所以,此时轮到胡迪尼出场了。魔术的准备工作都是在观众的面前完成的。教祖在'被裰'之前杀了少年，完成了替换。"

"被裰之前替换？那么在祈祷间里的是？"

"当然不是教祖，而是木乃伊的神。"

少年又抽出了一张卡片，上面是缠着绷带的木乃伊。

"教祖被裰期间，少年堂仁常在他身边。教祖给木乃伊穿上自己的教团服，然后杀了少年，自己穿上少年的教团服，随后他用腹语术给木乃伊教祖加以伪装。从那以后的少年其实就是教祖。入浴可以自己来，换衣服的时候在护摩火的阴影处与木乃伊互换。被裰结束的时候，暂时先把木乃伊架起来放在祈祷间大厅的上座，自己装成少年跑到下座信徒们的最后面坐着。另外，祈祷的时候信徒们都是伏在地上的，趁此时再次回到上座，迅速和木乃伊互换。同时穿两件红白色的教团服的话，互换的时候只需要脱掉外面的一件就可以。这个在魔术里是很常见的变装术，比如中国的传统戏曲'变脸'。脱下来的不需要的衣服扔进护摩火里烧掉销毁证据。但是少年的教团服后面还需要用到，应该不会在这个时间点烧了。顺便说下祈祷时的声音，为了不暴露声音发出的位置，利用到了墙壁的回音吧。这么说起来，'听见远处传来的声音'也是腹语术吧。从这个意义上看，这个诡计的本质不是魔术而是腹语术——可能不是胡迪尼而是埃德加·卑尔根。"

后者是著名的腹语术大师的名字吧。但是这完全不是日本小学生能够随手拈来的比喻例子。

侦探痛苦地弯起身体。俪西为了不让侦探的头滑下去，双手按住了侦探的身体的进行反驳。

"但是，少女莉世在教祖被袯后见过少年的脸。无论如何，也不可能把成人教祖和自己亲密的少年认错。"

"所以，教祖砍下了少年的头。为了给少女莉世留下少年还活着的印象，那时教祖把砍下的少年的头给她看了。逃离集团自杀的时候少女看到的少年的脸也是一样。"

"嘻嘻嘻嘻嘻嘻——"

俪西用扇子严严地遮住嘴，发出了妖怪一样的笑声，笑得浑身颤抖起来。扶琳被吓了一跳。

总算是抬起了头，俪西的瞳孔如同猫的眼睛一样反射着夕阳的光芒。

"抓住了——"

俪西小心翼翼地把侦探的头放到地上，然后正对着夕阳站起来，慢慢地把展开的扇子举过肩膀，哗啦一声斜向下挥动扇子。白色闪光划开了晚霞染红的空气，檀香气息如同风暴扑卷而来。

"所以，这是不合理的。照你这么说，教祖在'被袯'前杀了少年并砍下他的头的话，被袯有三天时间，就是说少女在祠堂发现少年的尸体时，至少已经死了三天以上了。更何况当时是夏季，那块土地是湿热无风的盆地，平日里杀了的猪如果不保存在冰箱里几天就会腐烂。这样的条件下——少女莉世是不可能看到仿佛还活着的少年尸体。"

*

声音清晰明亮——

用仿佛是笛音一般响彻峡谷触及人的耳膜的美妙声音，俪西刺破了八星假说的矛盾之处。她手里握着白扇前端直指对手的样子，宛如白刃摆在了人的喉咙上。扶琳内心大叫快哉。终于办到了呢，俪西。如同拔掉了罪人的舌头，剔除对手理论的主干的这种能说会道就像是……司掌天厉五残的西王母一样。

面对共同的敌人时，作为守护神的鼬精（俪西）还是很可靠的，只要祭祀供奉就会成为灵验的神兽。扶琳以一种仿佛得到了上万援军的心情看着敌人。来吧，你要怎么出招八星。即使你曾经是侦探的弟子，但没有这种和魑魅魍魉对峙的经验吧？

随后八星嘟囔了一句奇妙的中文。

"……你真胖。"

像是在似有似无互相演奏的笛声中，响起了铜锣声，周围流动着让人坐立不安的空气。

"……嗯？尼亲放？尼亲棒……"迎接着周围的视线，八星少年冥思苦想的同时又多次嘀咕着稀奇古怪的词汇，自言自语。扶琳眉头深皱。怎么回事，这孩子。坏掉了吗？

"对不起，本想装帅回一句中文的。忘了是无气音还是有气音就不由地重复了起来。我只是想居高临下地褒奖一下俪西小姐。'棒极了，亏你能注意到那里。'"

……是想说你真棒啊。俪西的表情含有双重意思，颇为僵硬。

夸奖过对方之后，少年继续说道：

"但是你的回答太过简单了。村子里有漂亮的冰箱吧。如果使用那个保存的话？"

"用冰箱保存遗体？那是有可能的呢，如果冰箱有通电的话。然而真遗憾，村子里不管是河水还是家畜全部都不存在了。发电用的水车也没有转动的动力了。"

"没有让水车转动的动力？是这样吗？如果用重力——"

"重力？比如就像是把岩石作为投石机的重压来使用吗？可是连续性的转动要——"

"俪西小姐。"

八星，抬起一只手阻止了俪西的发言。

"然后还有扶琳小姐。有一句话我要说一下。"

他转过身来面向扶琳，随后对着刚才的卡组伸出了手。从中揪出了一张夹在手指间。

"请不要太过轻视小学生。"

然后卡片嗖的一声飞向了扶琳。扶琳同样以两指接住了它。

看向上面，虽然不太明白，但是它描绘着具有闪闪发光的气势的怪物。

"这种连小学生都知道的事情。不，或者可以说，正因为是小学生才会明白吧。听好了大家。根据平成二十年的《学习指导要领》的修订，日本小学生六年级理科学习中追加了'发电与蓄电'的指导内容。它的实验内容之一，就有所谓的重力发电。把绑定了重物的线缠在马达的转轴上，当重物从高处落下来时会扯动那根线带起轴的转动，从而发电。这就是所谓的利用重力的位置能量实行'重力发电'。不过发电量就和玩具差不多。但是因为它低成本且是清洁的可再生能源，面向实用化的应用研究也取得了一部分进步。"

清洁的可再生能源——"温弗雷德的清洁发电"吗？但是——

"用这种重力发电能让水车转动吗？"

俪西立刻做出了反驳。

"然而最关键的位置能量要怎么办？重力下落点可是要放到比水车更高的位置，而且还要举起沉重的岩石——"

"获得重力的位置能量的方法，不仅只有高举起来——"

八星一度伸手指向高空，随后慢慢地向下指向了大地。

"即使是落在下面，相对也会得到同样的电位。"

俪西的表情凝固了。

"落在……下面？"

"是的哦，俪西小姐。那个村子里有的吧？过去用来取生活用水，干涸以后又遭到崩坏形成了一个垃圾场，很深很深——"

啪啦啦，八星再次拿起一张卡片，从上方扔到了下方。

"井……"

*

八星一边将卡片重新洗牌，一边走近扶琳。

"把东门爆破后得到的岩石作为重力扔进井里，水车因此转动发电——这是我的假说补充部分。顺便一说，副标题的'温弗雷德'是传闻中在上世纪英国的威尔士实际存在的圣女。传说里她因为拒绝了异教的领袖之子而被砍了头，而那个头落下的地方涌出了泉水。这泉水现在成了名为'温弗雷德'的观光胜地。

啊啊。要说其他还有什么和井有联系的，这个'能看见海港的山丘公园'和旧法国领事馆存在期间使用的'汲水式风车之井'的模型都是。"

八星突然伸出了一只手，直达扶琳鼻尖。

"刚才投出去的是稀有卡，请还回来。"他说。

接过卡片，少年很珍惜地把它放进了卡片箱内。又回到了原来的位置上。

当扶琳正想说些什么回话时，俪西开了口：

"那种……用那种方法，应该可以得到充足的电量——"

"哦？俪西小姐是这么想的吗。这么说起来，俪西小姐也多少有一些物理的基础知识呢。那么我们要稍稍计算一下能得到的能量吗……"

少年一脸若无其事地答道：

"垃圾场的洞穴深约六十米。水槽洞是指在地下水的侵蚀下形成的地下空洞，一口气崩塌了的自然现象。其中出现了直径四十米，深至上百米这一级别的洞的例子也有，所以，形成这种程度的洞，也确实没什么稀奇的。

那么假设一下吧，朝这个洞里扔下了两百千克的岩石。于是能得到的位置能量是，重量×高度×重力加速度，大约是十一万七千六百焦耳。把焦耳用瓦时换算一下，一瓦时是三千六百焦耳，即使假设水车的马达发电效率大约为百分之六十，一次作业得到的工作量是十一万七千六百乘以零点六再除以三千六百，约二十瓦时。"

俪西被堵得说不出话来。少年淡淡地继续下去。

"反复作业二十次的话，合计有四百瓦时。一般法定标准的冰箱的消费电力，从某制造商的商品目录来看四百公升的冷却时需要一百六十四瓦特。只是根据日本电机工业会的调查显示，这十年间，家电的消费电力大体上达到了二分之一的节能效果。事件当时冰箱的消费电力，估算约是标准的两倍达到了三百三十瓦特，即使那样一小时运转需要的消费电力是三百三十瓦时。因为获得的工作量是四百瓦时，冰箱运行一小时也绰绰有余。

"再稍微实际性地考虑一下吧。如果把两百公斤的岩石分割后放进去，即使是一个人也完全可以操作。麻绳和网差不多都腐烂了，那么过去在井里也有滑车等东西吧。构筑出利用这种东西的结构也十分有可能。而且，六十米的自由落体需要花费的时间，考虑到空气阻碍等，大约是三到四秒。当然马达转动也会有摩擦力，那么假设落下需要一分钟，来回操作岩石落下二十次所需要的时间是二十分钟。即使加上十分钟的操作时间，三十分钟就可以积蓄供冰箱使用一小时的电量。三十分钟供一小时的分量。八小时供十六小时的分量。操作八小时就有八小时可以休息的时间呢。"

俪西就像是粘在地面上的白蛾，一言不发。而扶琳则死心似的垂下了眼眸。

"缠卷绳索的时间可以缩短。重力绳索在双轮上运行，就是一方落下时另一方就会向上卷起的形式。当然让岩石落至底部的绳索结构——"

"——够了啊！"

不扔毛巾是不行了。这里俪西既然无法反驳，那后面的话再听下去也是毫无意义的。

八星似乎是哪里不爽地看向了这里，仿佛没有一点胜利的优越感，越来越令人火大。

但是，很明显对方占据上风。

在眼前这位少年的主场战斗首先就没有胜算。只有更多地插话把对方诱进自己熟悉的领域，那时再看准他的理论漏洞进行突破。

"发电方法已经了解了。但即使如此，疑问点也还有很多呢。"

首先寻找进攻口，进而广泛探索。

"说到底，教祖做到那一步也要逃走的理由是什么呢？想要得救的话，可以从开始就放弃那种集团性的自杀活动。反正都是自己酌情制定的教义。不用炸掉出口，随便找个什么理由逃出去不就好了吗。”

“所以说，想要得救才会实行集团自杀。木隐于林，想要掩盖死亡，就躲藏在尸体中间。教祖无论如何都想让人认为自己死了。”

“让人认为？到底是要让谁这么认为？”

“让谁？这点我还没能搞清楚。大概是让教祖感到害怕的家伙吧。”

“让教祖害怕的家伙？到底是谁呢。少年和少女吗？”

“哎 。”

正在这时候八星小声地嘀咕了一下后，大大地张了嘴。

“……请等一下，扶琳小姐。难道说你真的相信宗教团体就只是宗教团体而已？”

扶琳额间一紧，皱起了眉头。

“怎么回事？”

八星目不转睛地盯着这边。扶琳的眉头越来越深。是年龄的原因还是生来的气质，从这少年身上完全感觉不到对人的恶意。对于通过识别恶意辨别敌我的她看来，少年这种类型是非常难对付的对手。

“……原来如此。被正义之气感染了吗？人啊，还真是说变就变呢。仔细观察的话，似乎比起以前圆润了很多……啊，不是说体型哦。”

比例的问题先不谈，面对这种小鬼装出一副什么都懂的样子不可能高兴吧。扶琳下定赶赴刑场的决心，向前踏出了一步，也就在那时……

八星先发制人地开口了：

"这种地方肯定是为了隐藏犯罪者不是吗，扶琳小姐。"

＊

"话说回来，你不觉得奇怪吗？"

面对僵住的扶琳，八星紧追不舍。

"是村子里的交易哦。说到村子里的农作物，也就是不大的农田里收获的一点农作物。那么他们要怎么和外面交易才能让食材增加呢？那可不是一两根萝卜就能交换到的。如果村子里能进行那种规模交易的话，答案就只有一个。村子里栽培了附加价值很高的作物。"

扶琳一阵发呆。

"……大麻吗。"

"恐怕是。或许周围也栽种了罂粟，总之类似这样的违法植物是村子里的主打商品。

对于长得很高的大麻来说，强风吹不到的洼地是理想的培育环境，当然大麻也是麻的一种，所以麻绳的话要多少都能制作出来。教祖对食材库严格的管理，一定是为了避免信徒对大麻出手。悬崖上的感知器也是，与其说是为了防止信徒逃走，不如说是为了在外人接近这里时起到警戒的作用。如果监视内部是目的，把感知器设置在悬崖下面更有效果才是。"

俪西"啊"的一下从嘴里发出了声音。

"那么说不定，村子里的瀑布一枯竭，教祖就急着行动了起来是——"

"因为无法栽培大麻了。以这种现实的理由作为考虑也不为过。"

少年满不在乎地回答。

"大概是已经签订了什么买卖契约。或是，以交出大麻作为借款的担保等等。总之是无聊的动机。不通人迹的深山秘境之村。心中有愧的信徒们。某种意义上这个教团就如同是给犯罪者们提供重生机会的设施，然而它的实质是犯罪组织本身。堂仁少年的母亲所说的'让人生从头开始'这句话，还有最后信徒的全员自杀……或许信徒们是真的相信这个教团的教义。但是教祖不一样，他是思想犯。那个证据就是在瀑布干涸之际他首先选择炸掉了村子的出入口。如果教祖真的是宗教人士，真的是以信徒的重生以及人生的再起航为目标，而设立的这所教团的话，没必要强迫信徒们参加教团自杀。参不参加的判断基准应当取决于信徒们的个人意志，想去的人就去，想留下来的人就留下来。可是教祖夺取了他们的那份自由。为什么？因为在那里有着无论如何，都想杀死全员的确切理由。"

扶琳的视线下降，吸起了烟管。她听得入迷甚至没有注意到烟草已经燃烧殆尽。即使是注意到了，也不会马上更换。

"那个理由是？"

扶琳的声音听起来如在梦中，八星少年没有注意到她的再次提问。或者说那道声音太过微弱了吗。

八星当场迅速转头背过身去，走向了公园的一角。在宽广的阶梯前，他停下了脚步。嗒的一声，少年单脚跳起，迅速移动到了阶梯的第一层上。

"大概前置太长了。我差不多该说一下这个假说的全貌了。我也已经提前打过招呼，这可不是什么值得细品的内容。我说的是以自我为中心的人，为了自身的方便就随意将他人的性命卷入其中，然后自己彻底逃掉了的假说。"

*

首先作为我的假说的大前提，请大家如此考虑——堂仁君的逃跑方案全部都被教祖得知了。

要问为什么，那是因为少女为了让母亲答应一起逃走，曾经数次向母亲说明了堂仁的逃跑计划。那么可以认为是经由她的母亲，把那些话传到了教祖的耳中。

然后，地震发生了，村里断了水源，大麻也无法继续种植。与性情恶劣的人做了交易约定的教祖，恐怕陷入了只能等死的穷途末路。

就在那时，教祖的头脑里闪过了一个主意。

——借用堂仁少年的方案，将自己伪装成已死的方法。

教祖所采用的少年的点子有两种。一种是我前面所描述的"重力发电"。然后另一种是那边的俪西小姐之前说过的"水车投石机"。

这两种方法都要使用作为"御神体"的遗体木乃伊，教祖从这里想到了"让自己看起来像是死了的逃出村子的方法"。

那么关于具体的步骤，现在开始说明。

教祖最先把村子里唯一的出入口用炸药爆破了。

这是为了让外部的人认为从村子里逃出去毫无可能。

接下来，他向信徒传达了"末世到来的预言"，并将所有人集中在参拜殿。他也可以更加方便地秘密准备前面所提到的"重力发电"的装置。假设被少年发现了，就算是他也不会想到这是用来保存自己尸体的吧。而且出现意外情况的话还有监禁这招。

即将进行"祓禊"之前，教祖杀了少年，用断头台砍掉了他的头。使用在"重力发电"下重新工作的冰箱保存少年的遗体。

之后"祓禊"开始了。这里的要点是投入护摩火中的香料是什么。那果然是大麻吧。教祖使用大麻的烟气夺走了信徒的正常判断力，让下一步的诡计变得容易实行。

那个诡计正是"御神体"木乃伊的"替换诡计"。

首先教祖穿上白色的教团服，假扮成少年。接下来给木乃伊穿上自己的教团服，把它变成了"教祖"。木乃伊"教祖"被关在了"祈祷间"，制造了"教祖"在"祓禊"仪式中待在祈祷间里闭门不出的假象。加上这时，砍断了的少年的头从兜帽里露了出来，被少女看到了，造成了少女记忆中从祈祷间出来的一个人是"少年本人"的深刻印象，难以忘记。

到祓禊结束为止的三天里，教祖继续使用"重力发电"来运作冰箱。这时候搬运岩石用的是平板车。这种作业可以由教祖独自完成，但是我想利用信徒们也是可以的。比如把地震里形成的不干净的瓦砾扔到垃圾场什么的，能让人帮忙的名目怎么都有呢。

经过了三天三夜，"祓禊"结束了。大量的虐杀终于开始。这时候仍旧焚烧着大麻，用了前面说明的方法，教祖再次替换了木乃伊，恢复了原来的"教祖"身份。之后他拿起了斧头，陆续开始砍掉信徒的头。

不久少女的母亲被砍下了头，他终于停下了手，又把教团服从红色迅速地换成了白色，再次伪装成了少年。这时候信徒全员都低着头，再加上大麻的影响，当场进行替换也没有那么不可行。

随后教祖把少女从母亲的尸体下拉了出来，并抱着她跑向了出口。这时候又使用了少年的头，给少女留下了那就是少年本人的难以磨灭的印象。

教祖突然逃走，信徒们一下子就困惑起来。理所当然地有人从后面追了过去。"等一下！"教祖面对那样的他们大喊了一声。是的，莉世少女所听到的教祖的那一声"等一下"，并不是对着少年少女说的，而是面向信徒们喊出来的。

就这样，教祖从参拜殿安全逃出来后，从外面把门锁住，将少女带到了祠堂。

顺便一说，在途中，教祖不小心出现了失误，令少年的头掉落在了少女的身上。只是由于事件的冲击和火灾的烟——也就是看着在大麻的烟影响下意识朦胧的少女，教祖糊弄了过去。瞬间，他做出了"头被砍掉后仍旧行走的圣人"的样子，让少女觉得这是梦里的事情。

这就是少女感觉到"被砍了头的少年抱住自己"的理由。所以理所当然的，当时少女怀里抱着的"像头一样的东西"，没错，那正是少年的头。这又是毫无悬念的。

教祖可能也或多或少受到了大麻的一些影响，即使如此，他还是想方设法把少女带到了祠堂。接下来教祖从冰箱里把少年的躯体拉出来，并把它和头一起摆在了少女的近旁。

在那之后，他又返回了参拜殿，再度虐杀起了剩下的信徒。将御神体的木乃伊放进护摩火中直至燃烧殆尽，他再次离开了参拜殿并从外面上了锁。在这期间如果信徒询问他中途出去的理由，直接回答说是"因为听到了神的呼唤"就足够了。

最后从村子里逃了出去。

方法也很简单。教祖利用"重力发电"取代了"水车投石机"，然后将绳索延伸到悬崖上逃离了。

投石机的制作方法就和俪西小姐的假说一样。所以才会有若干物证，投石机的假说当然曝光了。平板车要用来搬运重物岩石，为了测量小猪的尺寸而被放到了那边。慰灵塔或麻绳的利用方法也差不多类似——只是平板车或者绳索被用在"重力发电"上，所以也不是完全一样的。

另外关于最后烧掉这个装置的理由，当然是为了消除教祖逃脱了的痕迹。再者教祖或者干部对感知器的位置情报很了解，所以教祖找出方向的死角，不留下自己逃离的录像是可能的。

如此，教祖的完美逃离计划完成了。

＊

八星轻轻地跳跃在阶梯上，向上升了一层。

黄昏的公园。在夕阳映照的暗红色的景色中，少年愉快地在毫无特别之处的阶梯上一层层地跳跃了上去，那身姿和年龄相称确实是个孩子。但是从他脚下延伸出去的影子，仿若巨人。

从他说话的情形里可以看出来，不管是委托人所说的话，还是至今为止的所有的讨论，他全部都掌握了。不过也没有什么可意外的吧。哪一个都是同一个人物在背后操控。

"啊，那个……难道是……"

渡良濑困惑的声音响了起来。

"也就是——如果我没有把堂仁君的逃走计划告诉妈妈，堂仁君就会得救了吗？我没有把堂仁君的点子说出去的话，教祖就不会注意到那种逃离方法，堂仁君就不会死了。对吗……"

八星在短暂地沉默后点了点头。

"嗯。可能是这样。但一切都是假设而已。而且就算这些都是事实，那也不是年幼的你的责任。不好的是周围的大人……"

渡良濑好像心情十分难受，当场蹲了下去。"但、但是……但是……"在胸前抱紧了包，她精神恍惚地不断重复念叨。

扶琳看向了西边渐渐暗了下来的暮色。

"我有几个问题想问，可以吧？"

"请随意。"

"首先第一个问题是，为什么教祖要进行那么麻烦的步骤呢？知道逃离方法的话，一个人赶紧逃走不就好了？"

"一切都是为了消除自己逃走的痕迹。教祖害怕自己还活着的事情会被交易对象知道，对方派人追来。如果对手是那种即使追到天涯海也要找到他的有很深执念的组织，那么确实有必要将自身的存在痕迹完全消除。"

"……可是，不是已经用御神体来替代自己的遗体了吗？做到那样还不够吗？"

"那样还不够。"

八星颤动地摇着头。

"扶琳小姐，虽然是你，但真是会把事情想得相当天真呢。用替身伪装成尸体之类的，在黑社会里不如说是常用手段。只要有烧焦的尸体出现，就会担心被怀疑是替身。为了避免这种嫌疑，教祖留下少女这个活着的证人是必要的。"

"……因此他伪装成少年，并救助少女，让她深信了少年把少女从集团自杀中救了出来的故事？"

"正是这样。"

"特地把少年的死变成不可能的状况是？"

"那恐怕不在他的本意。教祖一定是不想让警察做出'少年的头被少女用祭坛的刀砍掉了'的解释。只要瞄准颈骨的空隙，即使是平常家庭使用的菜刀也可以切断人头，从上而下砸向石刃的手法也是有的。少女砍掉人头的理由当然是受到教义的影响了。只是教祖的计算错误之处是，断头刀上有很少的碎片残留在了遗体上。因此在无意之中就形成了不可能的状况。"

这时八星一起劲，一步跳过了剩下的所有阶梯到了最上层。然后在落地的同时掉头折回，这次他一口气越过阶梯之间的落差，大步跑了下去。

八星少年就那样趁势跑在了广场上，直至俪西的跟前才突然停下了脚步。

"说起来，俪西小姐，你把少女比喻成莎乐美了，是吧？"

仿佛有什么东西在头脑里闪过。

"那么我也来效仿一下吧。不过我引用的不是王尔德的戏剧而是原著，《圣经》中希律王的台词。莎乐美事件过后没多久，希律王听到了在巷子里引起骚动的耶稣基督的传闻，怀疑其真面目会不会是已经被处刑了的约翰。'这是施洗的约翰从死里复活'，然后希律王在臣下的面前说漏了嘴——"

眼瞳如孩童般闪闪发光。

"约翰在希伯来语中读作约翰南。希律王回应莎乐美的要求，斩杀的应该是约翰南，而他却说约翰有可能还活着。所以说在推理中也是有可能的吧？希律王命令部下处死约翰南，但并没有亲眼看到约翰南的头被砍掉的情形。闭上眼睛的尸体，即使是以其他相貌相似的人来代替也可以糊弄过去。事实上，处刑后，给约翰南收尸的是他的弟子，但是头已经被希律王的臣下的亲戚亲手埋葬了。弟子们谁也没有去确认过那个头。"

正在此时，八星的声调突然降了下去。

"……所以要我说的话，这就是假扮成约翰南的罪人的故事。如果我的假说是真相，那么现在就有一个杀了诸多人的杀人犯，在这个世界的某个地方高声大笑。

"然而，一切都是十年前的事情了。追查犯人的去向很困难。关于那人的待遇，之后只有听凭公正之神的制裁了。

"到此结束，这就是我的假说——"

*

宛如被血染红的公园里，不知不觉地迎来了黄昏。

秋天冷冰冰的夜风吹来，扶琳仿佛才想起来，吸了一口烟管。此时她意识到烟袋已经空了，于是重新换上了烟草。

自己也如燃渣一般没了干劲。不知是不是这个原因，烟草没有如想象一样点着，一根火柴白白浪费了。

……糟了。

失策了。

对于这副愚蠢模样就连自己也无话可说。本打算把对方诱进适合自己的时机里，却反被夺去了利器从而被打断。别说一次、两次、三次，被漂亮的回招接连不断地啃食。

宗教团体的真面目。村子里的主打商品。教祖爆破村子出入口的意图，只有御神体的诡计还不够的理由。全部的全部都在自己的专业领域内。自己的拿手好戏被未成年孩子夺走了该怎么办。

忘掉了——

在正常的世界里，井是单纯用来打水的。

而这边却是用作扔东西的地方。

——是珍妃井。

清朝的西太后被评为中国的三大恶女之一，有不少类似把人的四肢切断的"达摩之刑"之类的传闻，在电影等作品的传播下总让人对其抱有残酷的印象，但其实很多残酷传闻都是毫无根据的后世创作。

只是在那其中有一个被认为相对贴近史实的说法。

那就是西太后将深受光绪帝宠爱的妃子珍妃，投进紫禁城的井里杀害了的传闻——也就是通常所说的"珍妃井"。虽然世人常把她的逸事与吕后、武则天这两位恶女混淆在一起，但只有此事是西太后独有的。

因此才有了"西太后毒杀光绪帝"的传闻，让她被附加上了恶女的形象。

然后这么一想，自己所冠名的老佛爷这个称呼也是西太后的别称——

"……扶琳小姐。"

这一声让她回过了神。视线撞到了那个仿佛是老人一般，思虑深沉的少年的目光。

"另外，俪西小姐。"

薄暮中的那道白色身影落魄移动着。在高段位的道士面前，即使是鼬精也一筹莫展。

"已经没问题了吧？"

八星像是确认一样。然后他不等回答，走到了侦探身边，蹲下摸了摸他手腕上的脉搏。

脉搏越来越衰弱了吗。八星的脸上露出了有些僵硬的表情。

"两位要比想象的顽固，所以意外地花时间呢。如果要确认师父的报告书，请快一点。那么负责人，差不多可以准备解毒剂了。我担心再迟一点会不会有后遗症——"

擅自就要结束……

扶琳苦笑。但是她无法责难他。这位小学生的力量超越了自己这一方是事实。轻视他的是这边。

扶琳从委托人那里拿到了报告书，如他所说确认了里面的内容。在自己这边步履维艰的情况下，接下来只能依靠侦探的力量。然而就算以前是他的师父，但是像这样混杂了两到三个离奇的诡计，即使是他也无法全部料到吧。

没有。

果然如她所想，这份报告书里没有对八星的假说的否定。说到底，目录上就没有"替身诡计"的标题。粗略地阅读了一遍序文，因为尸体的数量原因，侦探早已把替身的可能性排除了。

扶琳失笑了。即使说出了"网罗一切的可能性"之类的豪言壮语，到底也不过是这种程度。想用有限的人类的思考，去挑战无限的可能本身就是无谋。侦探的辩护到这里已经是极限了……但是自己在沮丧什么。

这种结局不是早就知道了吗。

因为奇迹什么的，在这世界上是不存在的。

扶琳下定决心，放弃似的将手举向了天空。

"我明白了。是我们输——"

"等……等一下，扶琳……我的……反证还……没有……结束……"

笨蛋啊。

扶琳大大地咂了咂嘴，以沉痛的心情看向了地面上的男人。

"住嘴。明明不是圣人，为什么擅自复活了。好了，赶紧舍弃对现世的依恋，老老实实地睡下吧。现在就拜托这位少年道士大人把这难得的成佛符给你贴上。"

"不要把人说的跟……僵尸一样啊，扶琳……正是如此，我还活着哦……"

于是白色的身影立刻跑了过来。是俪西。侦探伸出手臂，借着她的肩膀，总算是让上半身起来了。然后他一边调整紊乱的呼吸，一边颤动着手伸向自己的怀里，拿出了一支笔。

是平常用的——战术笔。

紧接着，他狠狠地将笔尖扎进了自己的大腿。

啊！委托人轻轻地叫了一声。扶琳脸色可怕地皱着眉。到底是怎么样的大笨蛋呀——为什么，做到这一步也要拘泥于那种证明。

不久，侦探歪着身子无声地颤抖。之后他抬起了头。脸上全都是汗。但是那双眼睛里清楚地寄宿着生机。似乎是疼痛让他找回了意识。

"——好久不见，师父。"

一直站在旁边的八星生硬地打起了招呼。

侦探回过头，逞强地做出了一个同样的笑容。

"呀。好久不见了呢，联……长高了不少呢。"

八星反射性地摸了摸头。

"……只有五厘米而已哟。"

"不是长高了吗。"

"算上时间的话相当于没有长高啊。您以为我们到底有多久没见了。三年了三年。因为三年间您还是四处躲避我——"

"你还是很年轻啊……有前途的少年，不怎么想让你加入无成果的探究。"

"您自己不是说了没成果吗？不是很有自觉吗？"

八星的声音毫无感情，缓缓地带起了一阵湿气。有什么涌了上来。终于少年拉起了兜帽，就像是乌龟把头缩回去一样，闭上了嘴。

侦探就是侦探，用一副如同盯着自己孩子的眼神，注视着过去的弟子。

只是接下来从师父嘴里说出的话，糟蹋了再会的感动。

"话说回来，联……我听了你的假说。"

八星猛地抬起了头。唔，扶琳仿佛被一种喝完劣质酒后醉了的厌恶感侵袭了。这个男人会顺势说出那个吗——

"……请不要这样。师父。"

"不错的逻辑。特别是对两段构造的诡计的论证真是精彩。这个年龄里仅凭一人，就以两位女中豪杰为对手做出了一场漂亮的搏斗。"

"拜托了师父。请不要否定我的假说。"

"真是成长了不少呢，联。也克服了怯懦的缺点，然而——"

"师父，师父……我拜托你，请听一下我说的话。请您就此停下来——"

"很遗憾，你还差一步才能追上我。"

"师父！"

侦探抓住了抱着自己的八星的手腕，将他推了回去。

"虽然很可惜，要继承我的真传你还早呢。联——你所说的那种可能性，我早已料及。"

*

……已经考虑到了？

扶琳怀疑起了自己的耳朵。不可能的吧。因为那份报告书里——

"渡良濑小姐……报告书，三百九十二页——"

在痛苦的呼吸下，侦探向委托人给出了指示。至今一直精神恍惚地注视发展趋势的渡良濑，此时回过了神，挺直了腰背。"对不起。"低下头取过了扶琳手里的报告书，翻到了指定的页数。

"有……真的有呢！是这个呢，第五章不在场证明诡计的第一节，通过冰箱保存遗体，从而伪装死亡时间的可能性——"

"不……不在场证明诡计？"

扶琳发疯似的叫出了声。

"为、为什么是不在场证明诡计，不是替身诡计吗？"

"说什么梦话呢，扶琳……这个诡计的本质怎么想都是使用冰箱伪装死亡时间的，古典的不在场证明诡计吧……"

侦探一下子就止不住地咳嗽了起来。八星反射性地蹲下，俪西也从左右支撑着侦探的身体并来回地轻拍着他的背。侦探道谢，俪西突然注意到了什么红着脸，缩回了手。

"教祖的变装替身和重力发电，全部加起来也不过是那种手段。而且所谓的利用被砍了头的尸体的'替身诡计'，为什么要往替换同伴尸体的方向去想呢。这是目的很明显的'不在场证明诡计'。"

扶琳很是惊愕，连话都说不出来了。那种东西也就是你——

"……师父是笨蛋，真的是大笨蛋。"

八星故意大声嘟囔，但是侦探假装听不见，对他的话充耳不闻。

"那么……关于联的这个假说，我简要反证一下吧。虽然这么说，但要否定它也没那么难。要点是是否注意到了'某两个事实'……

"我所说的两个事实，其中一个是祠堂里藏着小猪的地方，那是只属于堂仁少年和莉世少女两个人的秘密。另一个是在那个藏了小猪的地方有搬运来的食物——"

在猪崽的隐藏之处有食材？

这两点到底是怎么联系起来的？

"这个隐藏之处除少女之外，就只有少年一个人知道。所以理所当然地可以考虑那里的食物是少年搬过去的。但是——"

侦探又咳个不停。

"……但是，联的假说里讲，教祖在准备进行"被禊"之前就杀了少年。因此少年搬运食材一定是在被禊之前。

"可是通常来说，少年在被禊前带出食物是不可能性的，这个理由你明白吗，联？"

突然被问到了，过去的弟子一时间难以回答。

"……因为食材库是在教祖的严格管理之下的，对吧？进入食材库只能通过教祖的起居室。所以教祖在祈祷间闭门不出，进入被禊仪式的期间，谁也无法随意进入其中运出东西——"

"只是那样吗？"

"还有钥匙。食材库的钥匙由教祖随身携带，如果说少年有盗走钥匙的机会，那就只有在被禊的时候——教祖为了沐浴变成全裸的时候。因为少年负责服侍教祖，那一瞬间的话可以盗走钥匙。比如悄悄地用假的替换掉真的——"

侦探满足地点了点头。

"不错的回答。还有一点补充，教祖自己把食材交给少年也是难以想象的。要说理由，如果联的假说是正确的话，教祖本打算要杀掉少年的。那样的教祖即使是被拜托说'请分一点食物给我'，也会因为警戒少年会不会逃走而拒绝——"

侦探在此短暂地噤声了。像是在忍耐什么歪着头。"抱歉。"不久，他道歉后，再次展开话题。

"现在明白了吧，联……如果你的假说是正确的，那么少年不管是在被禊仪式前还是仪式后都无法搬运食物。更别说是脚腿骨折待在参拜殿不出来的少女了，也就是变成了食物是由少年和少年以外的谁搬来的情况。这与食物被搬到了只有少年少女知道的隐蔽场所的事实相反。"

八星到此为止，如同蝉一样贴在侦探的背后一动不动地听了下去。就在这时，他的身体突然离开了，慌张地紧紧追问道：

"但是比如……比如食物，不是从食材库中偷走的，而是少年从自己的配给中积攒下来的——"

"隐蔽场所里有脱脂奶粉的袋子，还未开封，所以是直接从食材库里盗出来的。"

"那么……那么，如果教祖，和之前一样从少女母亲那里得知了小猪的藏身之处——"

"对于小猪的事情'绝对不能对妈妈说'，少年多次向少女强调。和逃跑计划不同，少女根本不会把这件事告诉母亲。"

"可是——这样的话——这样的话——！"

在那之后，八星话不成句。语尾之音如烟一般随着秋风吹过，在地面上徘徊最后消散在黄昏之色里。不久八星像是放弃了似的垂下了头，额头压在师父的背上就那样一言不发，宛如吸取母犬乳汁的幼犬，自那之后丝毫未动。

侦探平稳地出声了：

"提问结束了吗，联……那么，反证结束。"

鸦雀无声，周围万籁俱寂。

＊

不知不觉太阳已经落下，公园里的街灯逐渐点亮了。

黑暗之中，扶琳静静地从怀里拿出了智能手机。胜负已决。这之后应该会给解毒剂，不过终归是致死性的毒药。如八星所说是否会有后遗症也是问题，所以还是先让医生诊断一下比较好。

幸运的是横滨附近的话，有一位认识的黑医生。她打算把他叫来。但是呼叫了多次，那边都没有要接听的迹象。自己打电话来，必须在三次之内应答。明明是如此严格地教导过他礼节的。这个色鬼，又跑到哪里和女人厮混去了——

也就在这时……

扶琳察觉到了周围的异变。

自己以外的人，都待在原地一动不动。八星如此，渡良濑也是如此。一身灰色的高个子男人也是。他们围住了横卧着的侦探，只是始终站着。唯一例外的俪西，带着一脸不明所以的表情，左右环视的同时，啪嗒啪嗒地摇着扇子。

仿佛是看到了一场模特傀儡剧。扶琳一边感到讶异，一边靠近了灰衣男，用烟管很轻地敲在了他的额头上。

"喂。慢吞吞地在干什么呀。已经分出了胜负吧。赶紧给他注射解毒剂。"

灰衣男脸色目光消沉地看着她，无言地摇了摇头。

扶琳眼睛眯成了一条线。快速地将手里的烟管倒换了过来，这次用顶端那一头顶住了男人的声门。就在那时……

"我——不明白！"

八星突然叫出了声。

"为什么！为什么师父要执着于'奇迹'到这种地步！我说了不是吗！这不是败北是福音啊！这是把人从无尽的旅途中解放！没有'奇迹'师父也还是很厉害的人，也不会有人从背后对您指指点点！所以我……我……

我只是……只是想救师父而已！可是为什么……会在这里止步？"

扶琳的手在灰衣男的下巴位置停了下来。

"……什么？"

"那个……"

暮色的另一边，低沉的声音响起了。渡良濑如同亡灵一样站在了那里。在公园灯的照射下，苍白的脸庞像是正从墓场爬出来的死人。

"对不起，侦探先生，扶琳小姐。我对两位有一件必须要道歉的事情。"

【注释】

① 拉丁语，出自《圣经·旧约·诗篇》（42:3）。

第五章

女鬼面具

"对不起，侦探先生，扶琳小姐。我有一件事必须向两位道歉。"

在明亮的公园灯下，渡良濑姿态如同幽鬼，开口了。

那张脸上表情空洞。从她的声音里感觉不到相应的意志。听起来就像是在生硬地朗读着提前准备好的台词。面对那副毫无生机的模样，扶琳总觉得哪里透露着恐怖气息。仿佛是被操纵的僵尸——

"我向两位撒了谎。实际上——"

"……你和……回想里的'莉世'不是同一个人。是指这件事吗……"

呼吸逐渐微弱的侦探横插一句，率先说出了答案。什么？扶琳睁大了眼睛。

渡良濑笑容孱弱。

"……果然，被您注意到了吗？但是为什么……"

"很简单……一直提到的那个教团里，信徒们都舍去了过去，被赋予了新的'圣名'……

"那么回想中的少女本名就不可能是莉世。但是你却用那个名字开通了银行账户。就是这么一回事，所以都没有必要在警察的调查书里确认少女或你的本名，很明显你是另外一个人……"

"……这不就是说从最开始，您就知道了我不是本人吗？侦探先生真是坏心眼。可是那样的话又为什么至今一直保持沉默呢？"

"因为我不明白你说谎的理由……而且对于委托人你想要隐瞒的事实，我这边没有硬要揭穿的必要。你的委托只是解明'事件的真相'……"

就在这时，侦探的话再次中断。取而代之的是不断重复着深呼吸，但他很快又用饱含痛苦的声音继续说了起来：

"……但就连我也看出了这次的黑幕。你伪装成幸存者的少女本人，一定是那个人的指示吧。要说为什么，那是因为如果不这样做，你就必须要说出想要解开事件谜团的真正理由……"

——想要解开世界谜团的真正理由？不是单纯的想要知道真相吗？

"联……"

侦探叫了一声曾经的弟子的名字。

"俪西……"

这次面向了那道白色的身影。

"然后是亚历山大……先生？"

最后他看向了灰衣男，稍感困惑地叫了他。这么说起来这个男人的真名还没弄清楚。

"你们的'契约对象'就是黑幕吧……"

"这么有闲心来插手妨碍他人工作的人，据我所知，只有一个。那个人的名字是——"

于是侦探终于将那个名字说出了口。

"卡威尔里埃徕枢机主教。果然这次我又被那家伙玩弄了吗？"

卡威尔里埃徕枢机主教——

果然那就是真正的黑幕吗？

扶琳慢慢地吸着烟管。对于出现的那个名字，她一点也不惊讶。不如说是都没必要特地指出来。因为喜欢向侦探挑衅，进行这种无聊的胜负的人，在这世界上只有一个——

"……老佛爷 。"

马上俪西的问题就飞了过来。

"到了现在，我想知道那个卡威尔里埃徕枢机主教，跟那边的侦探先生到底有什么过节？"

扶琳面向白檀女露出了颇为苦涩的表情。

"你……对那些一无所知，就接下了这次的工作吗？"

"因为这次的目标是老佛爷嘛……"

一副不好意思的样子，俪西用扇子遮住了脸。

"太过详细的事情有点不太……"

扶琳目瞪口呆地看着过去的搭档。这么说来，刚才那种仿佛时间停止流动了的空气中，只有这个女人一个人左顾右盼的。恐怕这个女人所掌握的只有契约内的工作内容而已，而对于枢机主教最终瞄准的目标或者意图，她完全不关心。真是对自己没有兴趣的事情彻底敷衍了事的女人。

"实际上我也……不怎么了解内情。我知道的只有师父和枢机主教是对立的这一点……"

于是八星也如此坦白了。对此扶琳稍稍有些惊讶。那个侦探对弟子也没有说吗？不过也是，那也不是什么能够坦然对孩子说的话题。

"……卡威尔里埃徕枢机主教是怎么样的人物，两位知道吧？"

俩西和八星一齐点头确认了扶琳的话。

"是的。"

"是的。"

"意大利人，传闻里距离罗马天主教教会下任教宗的位置最近的一位。我也在工作上受到了他的各种关照。"

"那么，这位主教是天主教教会总部梵蒂冈那边负责'奇迹认定'的'列圣者'中的一位委员吗？"

"有所耳闻。但那只是挂名不是吗？我想，如果那位先生审查奇迹的话，书面上的'奇迹'一个都留不下，全部陨落。"

就在这时，一阵笑声响了起来。濒临死亡的侦探听到那番对话，肩膀止不住地抖动着发笑。

"哈哈，慧眼啊，俩西……那个堪比军人的现实主义者，就算是万一，让他相信奇迹的存在也是绝不可能的……"

他支起膝盖，手肘搭在那上面喘了口气。从嘴里说出了宿敌卡威尔里埃徕的名字，活力就涌上来了吗？虽然仍旧是全身大汗，但是那双眼睛却在暮色中闪闪发光。

"——过去在意大利南部的某个村子里，有一个被称为'蓝发圣女'的修道女。"

痛苦的语调一转，变成了强有力的声音。

"治愈了无数疑难杂症的'奇迹'，出现在她的身上。村子里听到传闻的众多人都聚集了过来。不久，受她恩惠的人们想要把她治病的事情作为奇迹确认下来，而这众多的请求似乎传达到了梵蒂冈。"

仿佛是和渐浓暮色相呼应，那道声音犹如幽灵，又增添了几分黑暗。

"通常，梵蒂冈的'奇迹'审查，是为了将德高望重的信徒在死后列入圣人而执行的。所以那种审查都是在信徒死后几十年才会执行，这是惯例。活着的人里接受审查的情况从没有过。但是那时候，街头巷尾声音众多，就连梵蒂冈也不能无视。此事针对异常事例，面向活人信徒的'奇迹'审查进行了——"

一片沉默。就像是要抑制愈发高涨的情绪一样——

"……但是梵蒂冈给出的结果是'无法确认为超自然'。不承认圣女的奇迹。原本'治疗病症'的奇迹，在梵蒂冈认定的奇迹中是数量最多的，正因为如此审查基准十分严格，癌症的治愈认证，经过十年以上没有复发是必要条件。所以这次梵蒂冈的结论也是可以预见的。但是'蓝发圣女'治疗的病例中，毫无疑问在那期间能够判定为奇迹的也有。关于那些奇迹，梵蒂冈做出了保留判断。然而自此以后，世间对修道女的评价完全改变了。对于她带来的奇迹，人们认为那只是用了某种欺骗手段而已。与此同时，黑色传闻兴起。言说，修道女利用信徒们的捐款在海外的休养地购买别墅——又言，修道女是村长的情人，那只不过是她为了增加村子的观光收入的一项工作而已——"

声音颤抖。语言和呼吸变得紊乱，当然不止是因为毒素带来的痛苦。

"……然而，实际上不就是骗子吗？"

俪西毫不客气地问了出来，但是侦探并没有直接回答。

"相反，也有人说这是当时的梵蒂冈政治性的判断。与修道女所属的修道院对立的组织，对修道女的沸腾人气感到害怕而暗中使用了什么手段。这种说法也有。那时候距离教宗选举时间很近了的事情也有一定影响。总之，从'奇迹的圣女'到'绝代的欺诈师'，遭到贬低污蔑的修道女在舞台上消失了。然后世间完全忘记了修道女的存在。之后的某一天，一个自称她儿子的少年在梵蒂冈现身了——"

"……儿子？向神起誓过的天主教的修道女，竟然生了孩子？"

对于俪西的这个问题，侦探还是没有回答。

"少年以一人之力，追查到了在一个枢机主教的强硬反对下才撤销了对母亲的奇迹认定的事情。他在夜色的掩护下潜入了那个枢机主教的寝室，用小刀单手逼迫枢机主教对奇迹再次检证。对于那样的他，枢机主教毫无畏惧地回答——'那么，你这家伙先试着证明出奇迹是存在的。'"

此时侦探再次缄口。扶琳带着些许惊讶听完了侦探的话。对于自己的过去，在此之前他从未如此赤裸裸地向人讲述过。

"不用说，那个少年正是我，枢机主教则是卡威尔里埃徕。而我和他之间确实有过节，这就是我执着于证明奇迹的理由。然而在我憎恨那家伙的同时，对方也似乎很讨厌我。即使我这边没有特地出手，也会有像这样来自对面的多管闲事——"

这样说着的侦探一脸苦笑，他最后的那段话透露出了一股亲近感。常年执着于彼此的过节中，那两人的关系也逐渐产生了变化吧。

"那就是理由吗……"

在侦探身边的八星嘀咕道。自己似乎终于能够触及师父的真实内心了。恐怕侦探这回赤裸裸的讲述也有向八星坦白的用意吧。说到底是承认了前弟子的成长，还是怀有"所以不要再和自己扯上关系"的诀别之心呢。对此，扶琳也想不明白。

*

"正如侦探先生所知道的。"

在公园灯的光亮下，如同被舞台聚光灯的闪耀包围，渡良濑无力地露出了一抹笑，又点了点头。

"这次一连串的比赛，全部都是由卡威尔里埃徕枢机主教大人计划的。然后我的委托也是，遵照了枢机主教大人的指示……"

侦探的上半身忽然剧烈地摇晃了起来，一阵倾斜。刚才的说明相当耗费气力，现在似乎是反作用出现了。再次朝着地面倒下的侦探，背后则被俪西和八星支撑住了。"师父……"八星的抽泣声不止。

"那么你委托的真正理由是？"

扶琳担忧地看向了坐卧在地上的侦探，同时向渡良濑问道。委托人也同样将视线移向倒下了的男人。

"那说起来会比较花时间。但是侦探先生的身体……"

然后渡良濑吓了一跳，挺直了脊背。抬手摸起了自己的耳饰，她低声地嘀咕着什么，恐怕正在跟枢机主教联络。看来那是一种通讯工具。

"我明……白了。就在刚才，枢机主教大人传达了指示，就这样继续。"

渡良濑把手从耳朵上收回，声音沉重，再次开口。

"首先要从我和堂仁少年的关系说起……母亲离婚之前，堂仁少年的本名是渡良濑隼人。他是真真正正的和我有血缘关系的哥哥。"

哥哥？一度断开的圆环，回转变形再次以奇怪的形式连接上了。被害者的血亲——遗属。那才是委托人真正的角色吗。

"在我幼年时，父母离婚了。我跟着父亲走了，哥哥跟着母亲。后来母亲迷上了宗教，听说是搬家去了哪里。哥哥也跟了过去——"

这时她的声音变得柔和了。

"因为哥哥非常非常温柔——"

委托人的嘴角不由地绽开了一抹笑意。

"所以即使是那样的母亲，他也一定无法丢下吧。我虽然为此非常难过，但是仍然忍着眼泪选择了坚强。长大后肯定会再见的。我这么坚信着——"

她使劲地咬着下唇。

"原来那个愿望并没有实现。"

那道声音瞬间变得冰冷无比，声音的主人露出了如同面具一般的表情。

"哥哥……被卷入了非常无聊的事件里。"

空气像是被冻住了一样，陷入了一片沉默。

"我不明白。那个温柔的哥哥怎么会……为什么？当我听说那个事件里还有唯一一个幸存者时，内心的痛苦越发膨胀了起来。为什么只有那个人得救了——还是被我的哥哥……

"但是在那之后，我得知了事件里得救的少女名叫莉世，总算是理解了。啊啊，是这样啊。哥哥一定是为了保护这孩子才会死的——"

渡良濑闭紧了双目。

"因为'莉世'就是我啊——"

双手来回在手肘上搓动，那个身影静静地抱着自己。

"哥哥从以前开始就在庇护我。真的是非常温柔的哥哥。那样的父母能够生出这样的孩子真是不可思议啊。所以哥哥一定是把那孩子当成了我才会为了保护她而死。我尽可能的想要那么认为。因为那样的话，哥哥救下的就是我了。那份爱就会由我来接受。当然那些肯定都只是我的幻想了。可是即使那样，抱着那种想法的话，我的内心就会变得轻松下来。哥哥把那孩子当成是我救下了。所以代替哥哥活下来的那孩子是我，我是莉世——这样不断告诉自己，内心就会变得能够接受这件事了。然而——"

她的声音再次阴沉了起来。

"说是遗体的头被砍掉了，到底是怎么回事？"
"只有那孩子得救的理由，又是什么？"
"不是那孩子砍掉的吗？不是吗？"

仿佛是为了呼应那道声音的冰冷，公园里寒气逼人的秋风吹过，弄乱了在场几人的头发和衣饰。

"我长大之后知道了事件详情，十分愕然。绝对有哪里不对劲。于是我立刻调查了那孩子的住处，并且去见了她。以作为哥哥的遗属，想要知道哥哥在最后时刻的样子为借口。实际见面后，我发现那孩子非常可爱，是个给人感觉很好的纯真小姑娘。而且她很诚实。刚见面她一下子就匍匐在地上，一边哭着一边说着谢罪的话。她在为只有自己得救而向我道歉。然后以可能无法让人相信为开场白，小姑娘开始了热心的讲述。她一边给我看了事件后开始写的日记，一边用特别认真的表情，恳切郑重地让我感受到了那份诚心诚意。最后那孩子所看到的，哥哥的——"

此时委托人的脸上浮现了固执的笑容。

"奇迹……"

夜风再次强劲地吹了起来。渡良濑的头发越发杂乱，掩盖着自己那不平衡的扭曲笑意。

"——哈？这是我的脑海中第一反应。"

张开双手，她的话从嘴里吐了出来。

"我被吓了一跳。被砍了头的哥哥，以公主抱的姿势一直把她带到了祠堂。突然一本正经地提到那种意料之中的话啊？我想最初在我脑海里出现的是花田吧，然后逐渐变成了糖果发酵腐烂后蛆虫大量繁殖的景象。就在那一瞬间，我对她产生了怀疑。奇迹？别开玩笑了。那种事情肯定是你这家伙捏造的吧——"

声音越发可怕。在公园灯朦胧的灯光下，窥见她的脸庞，让人不由地想起了般若之面、女鬼面具——

"面带笑容，但是藏在桌子底下的双手已经握成了拳头。我在心里发誓，绝对不会认同这种托词。如果事件当时尚且年幼的她说了同样的话，还有可能是受到了冲击思维混乱。我也可以同情理解她吧。我想实际上当时周围的大人肯定都是这样做的。但是，现在我们都是大人了吧？怎么说都是成年人了吧？到了这个年龄还以为那种辩解有用，我真是无法理解那个小姑娘的逻辑。

"我的哥哥在那种凄惨的事件中死去，只有她一人获救。那种事情原本可以谅解。可是如果，事情不是以那样的美谈结束的话，如果那孩子的幸福是建立在哥哥的不幸牺牲之上的——"

渡良濑的眼睛里，仿佛是夜露一样泛着光。

"那种幸福，无论如何都无法原谅。"

＊

四周陷入了长长的寂静中。

不知过了多久，渡良濑深深地鞠了一躬。

"……对不起。自顾自地说太久了呢。"

如从梦中醒来的她说：

"继续刚才的话，总之在那种状态下，各种烦恼接连而至，我也因此出入了教会之类的地方，从而认识了某个修女。正是她向我介绍了枢机主教大人。以上就是至今为止的事件始末。

"那么时间所剩无几，回到之前的讨论上吧。首先这次是我的假说——"

"……稍微等一下。"

不由地扶琳就插了嘴。明明自己没有过多干涉的理由——

"嗯？怎么了，扶琳小姐？"

"那个……你如果知道了这不是奇迹，打算怎么做呢？"

面对扶琳的提问，渡良濑一瞬间抑制住了脸上的空虚表情。

之后她的嘴角浮现了微笑，扬起手把额前被风吹乱了的刘海掖至了耳后。

"是啊……到底要怎么做才好呢。"

露出一脸困扰的笑容，她反问了一句。

"虽然考虑了很多很多方法。但是，很难决定选哪一个。如果是扶琳小姐的话，一定有比我好上一百倍的点子。我都想借用您的主意了呢。

"不过只有这一点我可以说，不管选择哪一条路，那都一定会是罪恶深重的选择……"

渡良濑在短暂的缄口后，面向了俪西。

"说起来，俪西小姐把这次的事件比喻成了莎乐美的故事呢。我不怎么看书，所以对文学方面不怎么了解……"

"向莎乐美复仇的故事，没有吗？"

她把被风吹到了脸上的头发用手指捋到一边，天真地问。

"这种内容应该是有的吧。你看，莎乐美深爱的约翰是好男人的话，也应该会有其他爱慕他的女性才对。有没有去向莎乐美复仇的呢……真是不太清楚呢。但是那个小姑娘真的像是莎乐美一样哦。即使经历过那样凄惨的事件，仍旧可以真诚直率地活下去，总觉得她很满足。

"另一方面，说起真正的莉世则是被相当顽固的人养大的呢。父亲的再婚对象是对带来的孩子稍稍有些严厉的人……"

啊，那种抱怨怎么都无所谓了。渡良濑自嘲地结束了那段话。

然后她抬起头，望向星稀的夜空。也差不多是月亮出来的时候了，但它被厚云遮挡住了，现在看不到。

"所以……是连在一起的。"

渡良濑目光悠远，嘟囔了一句。

"过去的莉世的罪，与未来的我的罪是直接连在一起的。回想中的莉世的清白无法得以证明的话，从此以后我的罪也决定了。就是这么一回事。因此至今为止我的态度绝不是演出来的。我是真的感到害怕。如果我现在要说的恐怖假说，侦探先生没能否定掉的话，我真的不知道该怎么办——"

两手放置在嘴边，"哈——"她深呼了一口气。

"然后……现在……"

于是渡良濑的身影一度从灯光下消失。

穿过黑暗，照着侦探的公园灯下她再次现身。随后跪在横卧的侦探身前，如同对待供品一般，渡良濑双手捧着那摞报告书，小心翼翼地放在了地面上。

"……侦探先生。你还能听到我的声音吗？"

她仿若祈祷一般。

"如果能听到的话请告诉我。这是真正的奇迹吗？是神的恩宠吗？真相难道不就是普通人的犯罪吗？如果那真的是奇迹的话，无论如何拜托了。请证明给我看。请您试着去否定掉所有的恶意。请把一切无法原谅的可能性从这个世界上消除。否则我一定会就这样跌落在黑暗之中。无法成为被王子守护的公主，也成为不了夺走想念之人的性命的莎乐美，我只不过是个故事旁观者。即使是那样的我，也有被谁拯救的价值的话——就连这样的我，也没有被神舍弃的话——拜托了侦探先生。请帮帮我。请把我从可能会发生的罪恶之中解救出来。"

这么说着的渡良濑，两手伏在了地面上就势行了一礼。

之后她慢慢地站了起来。仿佛是黑暗中浮现的骸骨，那双毫无光亮的眼睛和煞白的脸庞转向了扶琳。

"那么关于我的假说，现在开始说明。"

*

"虽然这么说……"

委托人突然推翻了前言。

"实际上我没有那种大规模的家伙。"

没有假说？

"我只是一个很平凡的人。不像这里的各位那样特别，也无法做出和各位一样的行动。所以我现在要说的话，全部都是由卡威尔里埃徕枢机主教大人替我想到的。那位大人知道，这么说肯定会让侦探先生感到困扰。一言一语，我都只是像鹦鹉一样照搬过来。"

原来如此。是这样的意思啊。扶琳理解了枢机主教的大致意图。换言之，这是一种"代理战争"。实质上就是侦探和枢机主教的一对一厮杀。

"顺便一提，枢机主教大人的主张又和假说有点不一样。唉，该怎么说……"

渡良濑嘎吱嘎吱地在包里翻找，从里面拿出了智能手机。液晶屏的光亮从下方照在了那张脸上。

"请原谅我的作弊行为。"

她低头朝下，声音略小。

"以我贫乏的记忆力，很难背诵出来……那么开始了。有让您听起来痛苦的地方，请务必宽恕我……"

然后渡良濑大大地吸了一口气。

"那么首先，从开场的原检察官老爷子，大门先生的假说开始——"

她单手握着台本开始了讲述。

"那是使用火和家畜，让水车转动的假说。名称是'烤猪踩踏车'。对应这份假说，侦探的反论是'家畜在最后的晚餐中全部用做了食材，所以之后已经不存在了'。"

渡良濑为何走到这一步却拿出了最开始老人的假说。为什么事到如今还要旧话重提？

"此处侦探先生的反论根据是，列举出的'晚餐会上的每人分配一只猪蹄'的事实。出席者有教祖和信徒共三十三人。如果全员每人分配一只的话，就需要三十三只猪蹄。一头猪只有四只脚，所以为了得到三十三只猪脚，至少要杀掉九头以上的猪——您是这样说的。

"另外还有一点，侦探先生以写有'十二'的金属板数字为依据，推导出了猪的数量在九头以下的结果。但是那点和现在要说的没有关系，所以先搁在一边。在这里我想说的是，从三十三这个数字这点来看，侦探先生认定了教祖也参加了晚餐会——也就是说这个时候的教祖还没有进入到被禊仪式里。正是少女所说的教祖举行'被禊'仪式是在'最后的晚餐'以后，让侦探先生做出了上面那样的判断。"

确实，可以说正是那样吧。然而，那又……

"接下来是排在第二位的女性俪西小姐的假说。"

渡良濑回过头来继续说。

"将水车改造成投石机，把少女和遗体投飞到祠堂的洞里撞在了祭坛上。这是俪西小姐的假说，名为——'水车投石机·针孔射击'。

针对这个假说的反论是'如果少女被投石机投到了祭坛上，那么她脚上的石膏断裂、祭坛坏掉等事情应该会发生。但不管哪一个都是好好的'。"

渡良濑的话停了下来，她喘了口气。

"这条反论的根据是，被举证出来的'少女立刻就注意到了少年的头'这一事实。本来由于逆光和地面的昏暗，少女是不可能看到少年的头的。但是她看到了，这说明应该有什么光照在了少年的头上。而在那个祠堂里只能考虑到祭坛镜子的光源。所以镜子没有倒下，祭坛也没有被破坏掉——是这种理论对吧。虽然感觉稍有些牵强，但道理自身说得通。然而——"

渡良濑停了一下。

"现在请稍微思考一下。"

渡良濑从智能手机上抬起了头，那双仿佛是木洞的眼瞳看向了这边。

"堂仁少年在祭坛下面'藏着小猪的地方'搬来了水和食物对吧。"

搬来了。那怎么了——

"那么那时候，少年一定动了祭坛吧？"

动了……祭坛？

"移动祭坛的时候，容易倒下的镜子就必须被放下来。这就是说，少年在移动了祭坛之后，会再一次把镜子放回去。然而另一方面，在侦探先生的反论里，镜子正处于布被拿掉了的状态，而且它一定是向下放置的。因为不那样的话，光就不会照到地面的那个人头上。侦探先生说明了镜子那么放置的理由是，少女为了化妆使用了镜子，随后就那么放着了。也就是说，少女使用镜子后谁也没有再动过镜子。少女使用镜子一定是在少年往祭坛下方'放置'食物之后。少女为了'最后的晚餐'化妆，理所当然是在更后面。换言之，根据侦探先生的话，'最后的晚餐'就是在'放置'之后了呢。结合刚才的推理，就可以归纳出'放置'、'最后的晚餐'、'被禊’的顺序。”

那一瞬间，扶琳的身上噌的汗毛直竖。

完了。这份证明很糟糕。不可以让这个女人这样继续说下去——

"接下来是最后的第三位小学生八星君的假说。"

然而扶琳刚要尝试阻挠发言，渡良濑给最后一颗爆弹点上了火。

"教祖在‘被禊’仪式前杀害并替换了少年，那具尸体被保存在由重力发电运作的冰箱里的假说。暂时就起名叫——‘你的神在哪里？温弗雷德的清洁发电’。对于这种假说，反论是‘如果教祖把少年杀掉并取而代之，那么少年在被禊前后都没有搬运食物的机会’。侦探先生在这个反论里，明确说明了少年不可能在教祖进入被禊仪式前搬出食物。被禊前教祖在房间里看守着食材库是一个理由。还有一个理由是，少年获得钥匙的机会只有在被禊仪式里教祖赤身裸体的时候。所以以侦探先生的反论为立足点的话，即使少年搬运食物也一定是在被禊之后。这也就是说，‘放置’是在‘被禊’之后——"

啊啊啊，扶琳发出了痛苦的挣扎声。

瞄准的是这里吗——

"啊咧？这里让我感到不解。"

渡良濑装腔作势地把手指戳在了脸颊上。

"因为很奇怪啊。第一假说的反论里，‘被禊’是在‘最后的晚餐'之后进行的。第二反论里，'最后的晚餐'在'放置'后面。然而第三反论中，'放置'发生在'被褪'之后。"

她一动不动，目不转睛地盯着侦探。

"顺序混乱。"

斩首的一刀。

"互相矛盾。"

扶琳不由地抬手抱住了自己的头。

——被砍了。鲜血淋漓。

"这是怎么回事呢。侦探先生的所谓反论是在议论中随着话题想法的改变，基准也可以随便改变的东西吗？针对某人说 A 比 B 迟了不行，针对另一个人说 A 比 B 早不行——那种随意的不能贯彻到底的理论，到底哪里有说服力。那不就是世人所说的双重标准吗。

"确实只是把它们作为单发的议论一个个来看，侦探的主张是正确的。但是它们把全部拼合在一起时，明显发生了矛盾。也就是说，侦探的反论里必定有哪一条是错误的。"

视线如针一般尖锐，渡良濑就那样看着侦探。

无言的指责。安静的愤怒。犹如纯真的姑娘在发现了不诚实的恋人的谎言时初次责备对方一样。

不久，委托人迅速回头转过身体。面向之前八星跳过的台阶，她踩上去后回过了头。可以说那就如提前准备好的舞台一般。

"那么——关于这个矛盾，请解释清楚。"

然后她一只手搁在胸前，另一只手面向侦探远远地伸了过去。宛如歌剧中的歌姬唱起了咏叹调。

　　"那就是卡威尔里埃徕枢机主教大人的主张。这不是至今为止的那种主张。这是从侦探先生自己创造出的否定理论中，指出了理论本身就存在的矛盾——换句话说，这是'否定的否定'。"

*

　　……被干掉了。

　　扶琳彻底死心了，静静地闭上了眼睛。

　　否定的否定。很明显与至今为止的假说次元不同。

　　这份指摘是对侦探截至目前积累的所有理论的攻击。

　　而且这不仅仅攻击了侦探的理论矛盾之处。如果和之前一样，对手竭尽全力挥舞起异想天开的诡计宝具袭来，侦探只要避开那些攻击就够了。假设即使在那里打输，那也不过是证明了事件的真相不是奇迹，对侦探来说只不过是这一次的败北。

　　但是这回的指摘不同。

　　这回的指摘让侦探的证明从根部开始腐烂。

　　从人的内脏开始溶解的"鸩毒"。理由就是，这次的指摘是针对侦探的证明方法本身。

　　假设正如侦探所说，所有的可能性都能被否定。

　　但是，那种否定的理论内部存在互相矛盾的可能性，侦探就必须在事前把那些可能性全部否定。

然后新的否定内部又出现了矛盾，那就进一步否定……

否定引出无限否定——否定的无限集合的曼陀罗。那种证明怎么做都没有终结。这样的话，"能够否定所有可能性就能证明奇迹"的这种方法论本身就崩坏了。

也就是说，这一击针对的不是侦探的"证明"，而是插入他"信念"中的一根破邪之楔。

那家伙——卡威尔里埃徕枢机主教是真心要杀死侦探的。

"那种东西，怎么都能辩驳过去。"

于是在黑暗中白色的蝴蝶舞动而起。俪西如同夜晚带着强烈香味的花，浓厚的白檀香气四散的同时，她从公园灯的光亮处到了另一处光亮中，飞移而来。

"比如，第一假说的顺序的根据。所谓的教祖参加了晚餐会终归只是从莉世少女的证言得出的结论。实际上是莉世少女搞错了。真实情况会不会是教祖没有参加晚餐会？"

——不是的，不是的，俪西。

"……请稍微等一下。现在枢机主教大人正在给出回答……"

渡良濑再次摸向了耳饰，一动不动地侧耳倾听。

"枢机主教大人是这样说的：'这条反论无法认同。因为我对侦探的第一反论的否定是以吃掉了三十三只猪脚的理论为根据的。除掉教祖的话，信徒的数量是三十二。如果一人一只猪脚，八头猪就足够了，至少吃了九头以上的这种主张就会无法成立。'"

"那么，就是其他哪个好吃的人吃了两只以上。"

"'那只是臆测。不要忘记了规则。反论必须以确实存在的事实和证言为基础。'"

就是那样啊——

这个枢机主教的指摘对侦探来说真正致命的是，那全部都是建立在侦探反证的基础上。

第一假说里是以"教祖参加了晚餐会"为前提。第二假说里，"少女使用镜子后就那么放着了"是前提。第三假说的前提是"少年在袯禊前没有搬运食物"。

所以如果否定了这些前提中的某一个的话……那就会同时否定了侦探的反论。

扶琳再次感觉到一阵战栗，委托人——或者说她看到的是借用了那具身体的枢机主教。

难道卡威尔里埃徕一开始的目标就是这个吗？

这么一想，前检察官早已经做出了宣告。自己的假说被否定的时候，侦探也同样失败了。大门曾这样说过。那不是对侦探的生存方式的比喻性警告，而是如表面意思——那时候侦探的胜利本身，就是他跌落至枢机主教设置的无限回廊的陷阱中的诱因。

换言之——从开始到现在的这一切，都是卡威尔里埃徕设置的宏大布局。

"……那么，第二反论中决定顺序的论据呢？假设少女使用过镜子后，少年又移动了祭坛，并将镜子放置回原来的位置，假说对应的反论成立。或者说少年回去后，有什么偶然让上面的遮盖物掉落，而镜子也随之倾斜——"

"'重复。反论必须要基于确实存在的事实和证言。而且关于前者少年把镜子放回去的主张，少年会像少女一样注意到挂布，所以没有说服力。还有后者的偶然说，是指人为性的还是指自然性的，缺乏发生根据。那就大体等同于神之功业。总结一下，刚才的女士所说的过于臆断。'"

"你那边才是，作为第三反论中关于顺序的论据，'被褥前少年没有搬运食物'这点不觉得牵强附会吗？只是偷盗的技术问题，只要思考食物这东西，要多少都能偷出来吧。至少是我的话，对盗窃很有自信。或者可以考虑是教祖改变主意了。教祖看到年幼的孩子们大发慈悲心，分给少年逃走用的食物了——"

"'教主最先爆破的是村子的出入口。也就是说他没有让任何一个人逃离这里的意思。已经有了绝不后退的想法的教祖，为什么要大发慈悲。而且宋俪西，不要把像你这样的行家和普通少年混为一谈……被教祖的起居室和钥匙两道防护壁守住的情况下，作为外行的少年把食物偷出来的可能性，几乎等同于零。而且，不要搞错了。被褥前没有搬运食物的条件，只不过是单纯借用了侦探的话。版权方不是我这边。'"

俪西的拼死纠缠，也被枢机主教如伞断水一般轻易甩开。那种拼命挣扎让人想到了咬住大象的小黄鼬。或者是不知对手是霞之幻影，咬上暗云的淘气山猫——蚍蜉撼大树。

"……没用的。请住手，师父。"

这时候八星不是对着俪西，而是面向了侦探出言制止。扶琳不可思议地看向了那里。

然后在那里，另一个如杂耍的行为出现了。

这是——

……忧思默想……

濒死的侦探横卧如初，单手却覆在了脸上。白手套遮住了翡翠色的右眼，那是他特有的沉思姿势。捂住一只眼是为了不被无用之物干扰，睁开一只眼是为了捕捉到看不见的东西——无法理解，遭遇到难以看透难以解释的事情时，侦探首先会摆出这样的冥想姿势开始内观。

这个男人到了这一步，还——

"唉……说不出口。那么过分的事情……"

这次轮到渡良濑突然向通讯器发狂似的大叫。

"那样的话，您自己阅读报告书确认不就好了……诶？那样就没有意义了？必须在这里彻底击溃侦探先生，才是此行的目的？"

渡良濑稍作沉默后，一脸为难地开口了：

"……对不起，侦探先生。枢机主教大人的口信：'侦探哟，以你那沉重的身体没必要在此勉强作答。首先接受妥当的治疗，摄取足够的滋养。慢慢修养身体，然后再继续思考就行。无论朝夕，无论四季，这解不开的谜永远存在，直至你的身体腐朽化骨成灰。那就是测试神的人应受的报应。所谓神是理智无法检测的只是盲从的存在——只要你这家伙不接受这个矛盾，只要你的信仰不屈服于高远的理性，你这家伙就永远不会被神祝福。在地狱里烈火焚身吧，上笠丞。'"

——诅咒。来自卡威尔里埃徕加诸的诅咒。

是什么驱使枢机主教残暴至此。两人之间存在的真正争执是什么，扶琳不懂。

只有一点能说，侦探的败北已经毫无疑问——

原来如此。确实，颠覆三个前提中的任何一个，都可能消除其中的顺序矛盾。

但是同时，那就不得不承认侦探自身的理论错误。虽然侦探单独出示都是正确的，但是把它们组合在一起就会有产生矛盾的可能性。这一点被指摘出来的话，侦探今后就需要对"那些否定的理论之间是否存在矛盾"进行检证。如之前所描述的那样，在那前面等着他的是无尽地狱。

要回避这个地狱，侦探必须要证明自己的逻辑无误——也就是说不是展示自己的逻辑，而是证明枢机主教的指摘存在错误。但问题是对方把自己的逻辑当成了论据提出的理论，要怎么否定——

然而——

别放弃啊，上笠。

走到这一步的你的愚行，我想要支持。对于自己的那份心境变化，我首先感到惊讶。确实你想要证明的那种东西，是那么无可救药，那么无聊——在这个被播散了无数不幸的世界里，证明出充其量只有一个的奇迹，到底又有什么用呢。

期待那种比彩票概率还要低的奇迹，神的恩宠又是不切实际的话题。过去有位叫帕斯卡的哲学家说过，从利弊得失的计算上来说，还是相信这些比较好。但那种计算完全可以放置不管。

虽然孤陋寡闻从未听说过有人在现实里见过奇迹，但是没有发生过奇迹的命运却再三目睹。每每看到一边寻求神的救助，一边在残酷折磨下死去的牺牲者，就能感觉到，比起神对人的爱，更多的只是一味的冷酷无情和毫无慈悲之心，要那样的自己相信奇迹，不管经受怎样的拷问也不可能。

但是——

不觉得不甘心吗。不觉得牙痒痒吗。至今为止你所一心构筑的东西，要被这种无聊的干涉破坏崩塌……

诡辩的话就诡辩没关系。强辩就强辩，是人是神都给我打倒呀。只是在这里满足于沉默，承受每一次败北，唯有这种事情无法原谅。

至少一箭。给他们看看人类的意志，上苙丞——

这样的扶琳心怀祈祷地等待着侦探的答案。

紧张的沉默继续着。越发浓密的黑暗缓缓地吞没了侦探的身影。扶琳那根烟管里的烟草变成了白棒，夜风吹过尽归灰烬。八星的眼睛里似乎向这边诉说着什么，但是她只是一个劲地张嘴咬着烟管，对那道视线选择了无视。

不久——

侦探说话了。

"我要对第三假说的否定进行补充说明。"

*

……补充？

脸色一瞬间明亮起来的扶琳，马上就陷入疑问之中。

"补充？补充对我的假说的反证内容？不是撤回或者订正？"

八星少年也露出了同样的困惑模样。不如说同感。事到如今追加补充一个或两个的，也不会让人觉得有什么变化——

"渡良濑小姐……不，卡威尔里埃徕。在你的指摘里存在若干混乱之处……"

再次借助俪西和前弟子的帮忙，侦探坐起了身子。那双寥寥生辉的异色双瞳看向了委托人。

"我提出的'被褥前少年没有搬运食物'只是建立在联的假说是正确的情况下。如果联的假说是正确的，教祖有杀死少年的打算，教祖就不会把食物交给少年……是这么一种道理。"

借用渡良濑之口，枢机主教做出了回答。

"'所以？确实如你所说，但是引出教祖打算杀死少年这一条件的方法，怎么都不止那一个。'"

"……哦？其他还有什么？"

"'在我这个对手面前就不要演戏了。那些刚才已经明确说过了，你不可能没有注意到。教祖最先做的就是炸掉了出入口。那就是他连一个人也不愿放过，打算杀光所有信徒的表现。当然在那之中也包括了少年。如果他有一点点放走少年的意思，就不会把唯一的出口堵塞住。'"

"你有一个重大遗漏。"

侦探语气锐利。重大的……遗漏？

"教祖爆破洞门的理由，并不一定是要避免信徒逃离——"

侦探颤抖着双手，从怀里掏出了什么东西。那是银念珠——

"打算让信徒逃走从而爆破洞门也是有可能的。"

那串祈祷念珠如同在驱除恶魔的样子，放在了对手面前。

"'为逃走做准备而爆破？什么乱七八糟的——啊！'"

就在那时，渡良濑发出了不知是来自谁的惊讶声。侦探像是要用尽腕力取下了念珠。

"……是的。注意到了吗？卡威尔里埃徕。那一带的岩石很脆容易崩塌。作为村子入口的那个洞门不是因为教祖的爆破而塌落，如果在最开始的地震时就已经崩塌了又怎么样。不也可以考虑是教祖为了让洞口再次通行，用炸药清除崩落的土砂吗。然而说到底不过是外行人，不难想象那个爆炸让洞窟进一步塌陷了。

不知内情的少女，把那想成了'教祖爆破堵住了出入口'也不是没可能的吧。"

"'……那么教祖在瀑布干枯之际，就打算放跑信徒？你说参加集团自杀完全是个人的自由意志——'"

"这么解释也是可能的。"

"'但是……如果是那样的话，为什么少年没有在瀑布干枯后立刻逃走？既然有了教祖的协助，根本不必等到集团自杀时，他随时可以带着少女一起逃离……'"

"那恐怕是因为他的母亲。少年尽最大的努力想要说服母亲，而少女的母亲如文字意思所说至死也不愿放开女儿。也就是说，在这个教团内真正的对立面不是孩子们和教祖，他们的母亲才是妨碍他们逃走的真正枷锁。"

此时侦探捂住胸口，一脸痛苦地歪着头。

稍稍低头调整好呼吸后，蓦地睁开双眼，他紧接着不断说了下去：

"——尽管是可能性的话题，这么一来，你的将军已经被我轻易解除了，卡威尔里埃徕。我使用的反证条件'教祖打算杀死少年'是从联的假说里得来的，所以没有问题。但是卡威尔里埃徕，你的'否定的否定'提出的时间矛盾，前提条件是我的否定必须是正确的。那么，我的否定是正确的话，联的假说就不成立了。你和我是一样的，无法使用以假定联的假说为正确的前提下而推论出什么的方法论。这就是说，你只能从正确的假说中引用论据进行反证，除此之外没有任何其他的推导方法。

"这么一来，你就不能再以'教祖爆破出入口'作为论据，证明'教祖有意杀害少年'。正如现在所说，那个论据也可被解释为'教祖实际上是要放走信徒'。反证必须要基于确实存在的事实和证言。即使是对反证的反证也可以这么说。根据这个原则，不得不说你的指摘的论据不足。

"实际上，教祖协助少年在'被褛'前就把食物交给了他的话，'放置食物'、'最后的晚餐'、'被褛'的顺序就成立了，之前的时间矛盾消除了。但是我对联的反证就产生了瑕疵。正如之前所说，我的反证是基于联的假说是正确的，也就是假定在'教祖有意杀害少年'这一场合下所提出来的。

"我和你的逻辑都与最初的命题有了偏差，正确即是错误，但是通过更深层的挖掘和其他的论据推导出了不一样的东西——以上就是我的证明。"

说完，侦探就陷入了昏厥。

*

唏，夜晚的公园回归了寂静。

"……嗯……是的…………"

有什么细微的声音响起来了。

"……枢机主教大人发来了口信。"

渡良濑抬头，站在阶梯上喊道：

"他说，希望能把追加了刚才的那些话的报告书送去。"

结尾有些颤抖。

"枢机主教大人将组建个人的非公开调查组，想详细调查一下那些内容。需要花费的时间大概是三个月。这样一来对报告书的检证完成之后，重新在列圣省内部召集奇迹审查会成员，然后对以前因奇迹的可靠性存疑而被拒绝列福·列圣的修道女的事件，予以再审查议，之后疑云消失，审查合格之际——"

她的呼吸一停。

"举行盛大的圣女露西亚·拉普莉奥拉的列圣仪式，枢机主教大人说——"

然后渡良濑走下了台阶。在八星和俪西之间精疲力尽的侦探的头边，她跪坐在了那里。渡良濑两手放在了膝盖上，一动不动地从上面窥探着那张毫无生气的脸庞。

"……侦探先生。"

温和的声音响起。

"说实话，即使如此我也无法相信奇迹的存在。那种事情会在现实里发生，我无论如何也无法想象。那孩子的话到底有多少是真实的也无从得知。但是——我接受您否定了全部可能性的事实。您对我的请求进行了回应的事实，我也接受。不管是多么离谱的假说，不管是多么无法解决的矛盾，您倾注全身心将那些都否定了的事实，我接受。"

在那之后，她慢慢地折身，两手放在了地面铺设的瓷砖上。

"侦探先生。"

渡良濑顿时泪流满面。

"真的谢谢您，谢谢您阻止了这样的我。"

这么说完，她深深地埋下了头。

*

——扶琳抬起头，仰望着黑漆漆的夜空。

回过神来已经是月夜了。为了呼唤星林，在寂静稀疏的星空之间，好似酒盆的月亮孤独地闪耀着光芒。

青女素娥俱耐冷，月中霜里斗婵娟——这里是把秋的寒冷和月的美丽，比作了霜和月两位女神互相竞美的样子。虽然是出自李商隐的名句，但是现在在这块土地上，两位拥有相同名字的女人之间也在战斗，谁会知道月亮的结局呢。

扶琳忽然想，放弃了对莎乐美复仇的女人，在故事里会走向怎样的终结呢——

然而那也是她无法得知的后话了。

【幕间】

——呐，堂仁……

"干什么啊，莉世？"

——脖子，不疼吗？

"不疼。"

唔。如果是莉世的话肯定会觉得疼。但是为什么要用布把堂仁的头一层一层地包起来呢？能好好地看到前面吗？

"看得见。大概是一种从半空向下俯视的感觉吧。与其说是小鸟视角，不如说是神之视角之类的……话说回来，莉世，不要再把我的头当球一样玩了。如果掉到了地上该怎么办。"

——唉。

"所以说别……"

——呀。

"真的要生气啦。"

——啊哈哈……要莉世把布拿掉吗？

"不要。不想被看到这么丑的死相。"

——死相？

"嗯。虽然还有一半是活着的。"

"嗯？怎么了莉世？"

——堂仁，果然会就这样死掉？

"……"

堂仁果然会像大家一样死掉？留下莉世一个人？只有莉世被丢下。

莉世不想那样。莉世不想再一个人了。呐，堂仁拜托了，也砍掉莉世吧！砍掉莉世的头！莉世会忍耐的，会像大人一样忍耐，所以——

"冷静一点，冷静下来，莉世。莉世不会变成孤独一人的哦。谁也不会丢下莉世你一个人的哦。呐，莉世。我之前提到的'无首圣人'的话题还记得吧。如你看到的这样，我成了'圣人'。所以之后我一定会'复活'的。我绝对会再次去迎接莉世哦。约定好了。"

堂仁之后会"复活"？

"啊。一定。这是约定。"

——那么，要到什么时候？

"诶？啊，啊啊……是啊，再过一百年左右？"

不行。莉世等不了那么久。

"没关系哟，那不过是转瞬之间的事……如果每天有趣地活下去的话。所以莉世，莉世也来约定吧。在这之后的每一天都要快乐的生活。因为一个人就感到寂寞是不行的。开心或者悲伤，带着我的份全部都体验一遍。啊，写进日记里就行……下次再见我的时候，你一直以来走过了怎样的人生，全部都说给我听。"

——莉世会每天都快乐地生活下去的哦。

"那么我就没有什么要说的了。从今以后一定要这样做。"

呐，堂仁。堂仁不会那么早就死掉对吧？还可以再多说一会话？拜托了，请不要那么急着死掉。莉世还有很多很多话想要和堂仁说。

　　"可以。我会尽可能陪你。马上就要到祠堂了，在那里还有一点。咳，哈哈。已经睡着了不是吗，莉世。发生了不少事情感到累了吧。不，这样啊，这个烟雾——"

那种可能性早已料及

第六章

万分可笑

从毫无趣味的铝制窗框看去，又是索然无味的灰色的大厦街。

库房似的公寓里的一处房间，治疗设备也只有简朴的输液床和点滴台，其他就是储购的聚酯瓶和衣服以及羽绒被，不再使用的健康器具什么的。取而代之的是被塞进了众多杂七杂八的物品。

总之有能够放入患者的空间就够了，扶琳对这家诊所的医生还是比较了解的。虽然刚才诊疗时候看起来毫无干劲，令人怀疑他是不是每天都在使用写着"医乃仁术"的厕纸。

然而无证医生经营无营业许可的诊疗所，那种态度的伦理意识反而刚刚好。

扶琳在窗边俯视着来来往往的车辆。不久，她终于移开视线，转过头看向病床上的男人。

"……为什么没有把报告书送去卡威尔里埃徕那里？"

侦探躺在吱呀吱呀作响的床上，一言不发地笑了出来。

侦探现在裸露着上半身，浑身包裹缠绕着绷带和输液管，平日里的华丽已经了无踪影。不知是不是中毒后过于疲惫的缘故，那张脸异常憔悴，象征性的蓝发也失去了光泽，现在就像是驮马的尾巴一样。

"……果然我也差得远呢。"

侦探自嘲地嘀咕了起来。

"我知道逆密室诡计的方法，但是因为过于执着堂仁少年和教祖之间的敌对性，没能如心中所想描绘出故事。这么看来，我也在奇迹的束缚下，陷入了狭窄的视野……"

"故事？"

"没有被删节的假说。结果我也不是全部料及啊。放出了那样的豪言壮语，丢脸了……"

扶琳在床边的管椅上坐了下来。这间病房也兼作当前这位医生的私人房间，坐在椅子上后，正面就有挂着衣服的吊管衣架。衣服是便宜货和高级品乱放在一起的，哪一个都是令人胆怯的恶趣味。

"放心吧。你从以前就是个丢脸的家伙。"

"那是……在说关于我的时装吗？"

"也有那个原因，但你的存在本身就够可耻了。相信奇迹的侦探什么的，听起来像是冷笑话一样。不如转职去做神父啊，牧师啊，怎么样？那些职务更匹配侦探的身份呢。"

"谁要做布朗神父。喂喂扶琳，说起来你不是我的同伴吗？大门先生纠缠我的时候，你可是拼命地维护我不是吗？"

"那只是在维护欺诈事业的合伙人。"

扶琳痛快地舍弃了他，侦探认输似的举起一只手苦笑。他看向了天花板，眼神遥远地眺望着越发劣化的，偶尔像是竭尽了全力一般闪烁着的荧光灯。

"欺诈吗……"

他深深地叹了口气。

"果然从结果来看，是变成了这样吗……"

侦探弯起一条腿，并把手腕搭在了上面。那只手中正揉弄着什么。镶嵌了赤蓝色宝石的银念珠，是侦探寸步不离随身携带的母亲的遗物。

"看漏"这种可能性本身，至今为止侦探经历过多少次。

侦探口中的失败，不同于在本次事件中最后被卡威尔里埃徕指摘出来的"时间矛盾"，没有那么致命。只是因为侦探没有考虑到那一步而已，对他一直以来的方法论没有特别影响。

然而却只是让他免去了致命伤而已。证明奇迹又失败了的事实没有改变。这个男人会露出如此意志消沉的样子也是没有办法的事情。

有那么一会儿，只能听到荧光灯的砰砰声的寂静在这间屋子里持续着。不久，侦探仿佛履行失败者的义务一般，语调沉重地讲起了那个"故事"。

*

正如最后的反证所显示的，我没有言及的是，"教祖对堂仁少年的逃脱给予了帮助"这个视点。

我搞错了一个很重要的地方。根据当时的报纸等情报,我一直以为这个宗教团体只是期望耶稣复活和救济的"基督教的终末宗教",但是这个教团还有另一个值得关注的性质。

那就是在这个村子里飘浮着的"自罚性"的氛围。

表情阴暗的信徒们,在苛刻的劳动下过着禁欲性的生活。排斥装饰性的建筑物和衣服,以"血赎"为名的教团——等待坚信幸福的神之国会降临这所村子,不觉得气氛有些阴郁过头吗。

但是考虑到他们都是"心中有愧"之人的话,就构成了一个推测。

也就是这个教团的核心既不是"救济",也不是"赎罪"。

过去犯下了罪行,在社会上失去了立足之地,这些死也不会瞑目的人们,一边懊悔于自己的罪过,一边等待着神的裁决——不正是那种性质的教团吗?如果村子里的慰灵塔不是祭奠家畜的,而是用来慰藉那些跟罪人相关的牺牲者。教祖对少女的那番不同的说明也可以接受了。另外这个教团不是模仿基督教,神道的教义是必要的——因为在神道里灵魂永生不灭,生者与死者的灵魂共存。

如联所说,这个教团栽培大麻的可能性很高,但也并不是就要跟犯罪的印象结合起来,大麻自古以来就被应用于人们的生活。它的纤维能制成绳子和布料,种子是食物,油可以点灯,还有用于医疗中的药用性。当然也有为了补足物资出去交易大麻的可能,但是在那之外,大麻更多的是作用于他们自然主义的生活。

而且大麻和宗教仪式的关系也很深。《圣经》里描述的圣油中含有大麻的说法也有。还有最后烧了村子的那把火，也可能是要通过燃烧圣油，来净化覆盖在村子里的全员身上的罪恶和污秽。

所以现在再想想的话，这个宗教的本质不是只寄托希望于来世的"希望与救济的宗教"，而是一边赎罪一边等待神的裁决的"绝望与赎罪的宗教"——

这么一来，即使教祖对少年和少女进行了帮助，也没有那么不自然。理由就是这两个孩子毫无罪过。然而即使留下两个孩子也只会让他们亲眼看到将来的艰辛，也因为两人的母亲心中所愿吧，教祖刚开始并没有积极救助两人的意思……总之"怎么都好"才是他的真话吧。

辩白就到这里，现在来说明一下我无法否定的可能性吧。

首先是发生过的事实，从堂仁少年把莉世少女带到参拜殿为止，大体上就如回想一样。

只不过这时候教祖对于少年的逃走行为是全面支持的。所以才会在"被裸"前交出了食物，教祖杀掉少女的母亲时，没有继续杀死少女。另外在少年少女从参拜殿逃走之际，教祖的那句"等等！"，不是对少年他们说的，而是对追着那两人的信徒说的。如同联的假说一样。

所以阻碍少年逃跑计划的对手不是教祖，而是两人的母亲。这点也和那时候说的一样，少女的母亲"至死"也不愿意放掉少女，少年在集团自杀刚刚开始时，仍然试图说服自己的母亲一起逃走。结果他的那份努力不但没有得到回报，反而成了这次悲剧的开端……

总之，少年从参拜殿成功逃脱以后，并抱着少女直到祠堂。然后让失去意识的她睡在了祠堂里，他马上顺着原来的那条路折返。

*

"折返……原来的那条路？"

扶琳讶异地皱紧了眉头。

"回到参拜殿吗？但是为什么？已经放弃说服母亲的少年，应该没有回去的理由才对……"

"有回去的理由。不，应该说是理由出现了，扶琳。为了达成那个目的，少年必须快点赶回参拜殿——"

"目的？"

侦探突然闭上了嘴。他像是突然注意到什么，睁大了眼睛，手紧紧地握住了床单。

"原来是这样……是这么一回事啊……"

"什么啊？怎么回事？"

"我现在理解了。我和卡威尔里埃徕之间的这次对立的意义……以陷入狭隘视野中的我一个人的眼睛，无法发现这个可能性。只有卡威尔里埃徕的怀疑目光，也只会被拖进事件的迷宫里。希求奇迹的我和怀疑奇迹的卡威尔里埃徕，在我们两双眼睛相遇之处，这个可能性就现身了。"

仿佛是深陷白日梦里，侦探的瞳孔渐渐失去了焦点。

"明白吗，卡威尔里埃徕……我们并不是真的对立，通过这种对立，你我共同证明了一个事实。证明……是的，大体上可以说是证明。为了消除你所提示的时间矛盾，只能做出这种解释。

"两个对立的概念之间，消除彼此存在的矛盾，统合成更高层次的概念。这正是贝格尔所说的扬弃。我们顺着神向人类征收的逻辑税，辩证法更上了一层，这次抵达了一个宝贵的真理之中——"

扶琳默默地看着烟管里冒出的烟。瞅准侦探停顿的间隙，她缓缓地插话说：

"后半部分说的是什么东西完全不明白。睡糊涂了吗？故弄玄虚的高论已经够了，快点回到正题啊。那个目的到底是什么？"

侦探仿佛就在这一刻回神了，看向这里，露出了苦笑。他一边表示歉意，一边挠起了那失去了光泽的刘海。侦探垂下眼睑，像是要冷静下来一样做了个深呼吸。

沉默了一段时间后，侦探微微睁开了眼。

"少年返回了没有必要回去的'参拜殿'的目的……那就是——"眼睛里泛着光，他的声音变得有力了。

"让少女保留活下去的希望。"

*

少女的回忆里恐怕只有一个地方描写不足。

那就是把少女抱到祠堂的少年，当时是濒死的状态的记述。

然而一定是少年为了不让少女察觉到这点而故作精神，所以少女没有注意到也是正常的。

让少年身负重伤的犯人不用说，就是他的母亲。回想一下来到这个村子前她的言论行动。她带着菜刀，胁迫自己的儿子是一起走还是选择去死。那样偏激的母亲，因为儿子要舍弃自己独自逃走，即使是冲动地刀刃相向也不是难以理解的事情。

凶器大概是为了自杀使用的短刀。瞄准腹部的话不会伤到骨头，因此虽然负有重伤，少年还是带着少女逃到了参拜殿。在无法做到救治的情况下，聪明的少年马上就有了觉悟，自己也会命不久矣。

但是他真的是很温柔的少年啊。直面那种无情的现实，最先考虑到的既不是对死亡的恐惧，也不是对母亲的恨意，而是莉世少女的事情。

如果自己死在了这里。

她到底会变成什么样呢。

食物和水都还有。村子的火灾也十分引人注目，所以少女在饿死前被人发现的可能性很高。然而那时候少女的精神状态会是怎么样呢——

少年熟知莉世的性格。如俪西所指出的那样，莉世天生容易寂寞。但那种本质不是莎乐美，而是朱丽叶，是梁祝故事里的祝英台。如果她知道少年死了，只留下了自己，一定会因过于寂寞而追随少年去死。

那么必须给她什么活下去的希望和理由。

少年还有一个担忧，在教义的影响下她会轻易考虑死亡。特别是他说过天国是好地方的胡话，很糟糕。这样一来，自杀的门槛就更低了。但是他反过来想可以积极地利用教义。她相信"复活"，那就让她以为自己变成了圣人，然后和她许下复活再见之约，只要告诉她要耐心等待自己复活……

这么考虑的少年立马着手准备起来。首先在抱起少女之前，在教团服的兜帽上做了手脚，让自己看起来像是无头一样。还在半途的对话中许下"复活"的约定。吸入了大麻的烟雾后，少女对那段的记忆变得模糊不清，少年会复活的念头被加在了她的潜意识里，那就是少女会觉得无头少年抱着自己的理由。

大麻虽然让少年的意识多少有些朦胧，同时也减轻了伤处的疼痛。少年两只脚摇摇晃晃的，总算是将少女带到了祠堂。他把失去意识的少女放在那里，然后拖着濒死的身体返回了原来的那条路上，直至"参拜殿"。

为了让自己成为"圣人"的最后诡计，需要他人协助。他拜托了教祖——

＊

"自己为了成为圣人的最后诡计……"

扶琳对着眼前的吊管衣架吹起了一阵烟。在那里筑巢的蜘蛛慌忙地躲到了配钉皮夹克的阴影里。

"啊。那就是之前所说的'头被砍了的尸体'。这就和无头圣人的话题联系了起来。少年为了让自己死后被砍掉头而去拜托了教祖。"

"……但是，参拜殿是从外面上锁的啊。教祖从里面出来砍掉了少年的头之后，要怎么从外面回到被封闭的室内？而且特地用断头台砍头制造出不可能状况的理由是——"

"制造不可能状况的理由有两个。一是让少女确信这是纯粹的奇迹，二是为了让少女免于背负杀人嫌疑。断头刃的碎片残留在了遗体上只是偶然，至少在凶器不明的情况下谁也无法断定少女有罪。如果少女没有使用祭坛的刀宰杀鸡的话，应该可以证明上面没有少年的血迹。砍头的方法和接下来要叙述的'逆密室诡计'，一切都可以认为是少年拜托教祖做的。那么我们进入完整的说明吧……"

*

少年到达参拜殿后，打开了门锁，从里面叫出了教祖。

这时候信徒们的集体自杀已经结束了。教祖还没有死的理由，可以认为是他要留下进行最后的祈祷等工作。关于这个步骤，少年作为仪式的随员应该知道。

然后少年对出来后的教祖说明了详情，并拜托教祖竭力协助他完成最后的诡计。教祖听取了少年的心愿，把那具遗体搬到了断头台上。他砍掉了死去的少年的头，将头和躯干放在了祠堂里少女的身边。之后教祖再次回到了参拜殿。

之后是完整的上锁诡计。门扉和门闩都是铁制的，而且门闩是从上方让它落下的类型，所以，首先用上麻绳，为了保证切断麻绳时门就会被锁上，将门闩倾斜地固定了起来。只要能够熟练使用把手和绳索就可能办得到。适当地把这条绳索浸上油。然后像是导火线一样点燃绳索的一端，自己进入室内闭紧门扉。不久绳索被烧断，门闩落下，实现了从门外上锁的把戏。

　　这个诡计的优点是，即使失败了，反复操作多少次都可以。而且这时参拜殿遭遇到了火灾，所以绳索燃烧后的渣滓之类的就混进了火灾痕迹，难以辨别。门闩落下的古典诡计里，经常有利用冰或者雪来支起门闩等待融化的情况，这里使用的正好是"铁制门扉和麻绳以及火"。铁制的门闩、麻绳、火——使用这三种神器完成诡计这一点，没想到也有与大门先生的假说相通的地方啊。

　　总之，教祖就这样完成了"逆密室"之后，实施了真正的最后仪式，也就是跳入护摩火中，结束自己的生命。至此这次的奇迹现象，犹如在断头台上被砍了头的少年，抱着少女走到了祠堂一样，非常离奇的状况就形成了——

　　以上，是我的假说。

＊

　　大概是说累了，侦探语毕，突然倒下，靠在了代替椅子靠背的枕头上。

扶琳心不在焉地将目光放到了衣架上。织有刺眼的金色丝线的紫色衬衣进入了她的视线。因为感觉到了某种不快，她吹起了树脂的烟袋嘴。

"……那就是所谓的事件真相吗？"

"这很难说。一切都只是可能性。"

嘭！扶琳脚边的便宜货电暖器坏掉了的声音突然响起。

"说起来水车和慰灵塔是？那个有用在什么地方吧？"

"恐怕是水车投石机……少年原本打算利用它逃走。所以和联那时所说的一样，关于物证有几个和俪西的假说重复了。平板车、慰灵塔、麻绳、小猪的尺寸……只是麻绳在参拜殿的逆密室诡计中也使用到了。至于装置着火，不是少年烧的就是他拜托教祖处理掉的。"

"为什么特地烧了它？"

"因为投石机就那么放着很危险。万一绳索被切断的话，少女可能会被压在下面，最坏的情况是少女自身成了炮弹撞上悬崖。"

扶琳听到那种理由忍不住笑了。"真是过度保护了啊。"电暖器停了下来，所以扶琳抬起脚尖踢了过去，让它如自己心情般的再启动了。不管是机械还是人类，用到极限是自己的信条。

"走到了相当不错的一条线上呢。但是还有一步不足。之前提到的少女抱着的像头一样的东西怎么样了？根据你现在的假说，这次怎么也不可能是少年的头吧。想出答案很有必要呢。"

"头之类的，要多少都有不是吗？"

侦探并没有用上多少力气地回答。

"参拜殿里。"

"参拜殿里……是说被教祖砍掉的信徒的头吗？但是为什么要将那种东——"

"回想少女母亲最后的场面吧。那时候母亲的身体首先覆盖在了少女身上，那之后又在地板上振动抽搐。也就是说少女的母亲，是以把自己的孩子保护在身下的姿势被砍掉了头。

"这种状态下母亲被砍掉了头，少年又从那具身体下面强行拉出了少女，母亲的头发被缠住后，有可能头也一起被粘住了。或者也可能是头偶然掉落到少女的兜帽里。总之少年利用了那个头设置了这次的诡计，头最后被教祖带回了参拜殿，不过与其说是诡计，或许更应该说是演出……"

"母亲被砍掉的头偶然落入少女的兜帽里？有那么巧合的事情吗？"

"所以说，作为可能性没关系吧。这就是假说。很轻松啊，因为它只要作为可能性被说出来就好了……"

这么说着的侦探目光看向了灰色窗的外面。他很明白至今为止的反论全部都是谎言。

唯有这一点算是对这次失败的回应吧。暂且来说，一边已经把卡威尔里埃徕逼到那种地步，另一边又必须撤回自己的胜利宣言，这种懊悔难以想象。不是不明白丧失战意的心情，但是不可思议的是——

"为什么要露出那种一脸满足的表情？"

不知不觉中扶琳就那么把心里所想问了出来，侦探面向这边，看起来似乎很惊讶。"是这样吗？"说出这句话的同时，他单手捏住了自己的下颚。

"为什么呢。当然没有证明出奇迹很遗憾，但剩下的假说本身并没有那么坏。为了让一个少女保留活下去的希望，心地善良的少年演出了一场小小的奇迹。实际上，那个行为的确拯救了少女。如果这就是真相的话，那个事实本身就是非常宝贵的东西。"

侦探不由地露出了微笑。

"教祖的集团自杀不是什么特别值得褒奖的事情。但如果教祖没有强制信徒自杀的意向，再加上少年的那份热忱，最后为了拯救谁的性命而行动的话，也是一种拯救。而且阻碍孩子们的两位母亲，在死去之际也表现出了悔改之心。"

"悔改？"

"啊。少女的母亲听到了女儿的悲鸣，呈现庇护之姿从上面覆盖在女儿的身上，那是长久以来对少女的言行无动于衷的母亲。还有少年的母亲，结果不是被教祖砍头而是由她自行裁决。在这个教团的教义里，去往天国必须要模仿圣者的死亡方式。就是说自杀是无法得救的。对于自己刺向儿子犯下的大罪，她打心底感到后悔，所以在最后选择了自我惩罚的道路。

"当然把这些和悔改联系上只是我的擅自臆测，而且虽然最后显露出了恩情或者悔改，也无法将一切都抵消掉……"

稍作停顿，一时间，他抬头看向了闪烁的荧光灯。

"只是要人类承认自己的错误原本就很困难。而且这个假说，除了少年为少女着想的干劲之外，如果没有教祖的协助以及少女母亲的头，就不能成立。因为只是用衣服将自己的头隐藏起来，要彻底瞒过近在眼前的少女是很难的吧。

"所以，明白吗？扶琳。我想说的是什么。夹在生死之间的人，活着如同死了的人，还有已经死去的人。这三者的愿望化成一体，给予了一个拥有未来的少女生存的希望。濒死的少年毅然抱紧少女而去的身姿，宛如《圣经》里的场面一般神圣。那个勇姿你能在脑海里描绘出来吗，扶琳？这才是真正的——"

缺乏现实感的翡翠色和湖蓝色的眼瞳看向这边，平静地笑了。

圣者的行进不是吗——

*

不多时，病房的门开了。一个胡子疯长的白衣中年男人出现在此。剃掉胡子的话多少能看清他的相貌，全身透露着糜烂的气息，像是警示灯一样，对女人宣告了这个男人必须多加留意。

"……老佛爷。有一个要求。"

男人目光浑浊，逞凶地说。

"什么啊？"

"这家伙要换的衣服快点想办法拿来。我没有把自己的贴身内衣借给男人的兴趣。"

无证医生这么说着的同时，朝着床上的侦探伸出拇指。

被指着的侦探暂时朝下看向了褥单下自己的身体。然后他噌噌地挠起了那裸露的肩膀，对扶琳请求道：

"呐，扶琳。抱歉，能不能去附近的便利店帮我买一下内衣呢？"

值得受宫刑（阉割）的发言。

"……跑腿费有上百万的话可以考虑。"

她大口地吸气，朝着没用的男人们吐了一阵烟。

"如果你需要这种用途的女人的话，好好使用那个俪西就行了。除了可能被剥制成标本的风险外，那可是会为中意的男人尽心尽力的好女人哦。还有把那个卖弄聪明的小鬼叫来，发挥你那没用的魅力也行呢。"

"俪西的话，她不在时发生了内乱，已经返回了上海。联还是在东京的小学就读的孩子，所以不怎么能指望得上。只有你能照顾我——"

"你说的是什么鬼理论，还一副理所当然的口吻。那么就把这个庸医的电脑借给你，自己赶紧在网上买。"

扶琳用下巴示意入口处的黑医生。中年男人瞬间皱起了眉头，但马上又像是放弃了似的挠破了头，走出房间。

然后马上他就拿着平板电脑回来了。侦探接过它，顺从地开始检索商品。因为本人不工作，连信用卡也被停了，所以结算方式只能选择货到付款。

扶琳单手捏着烟管，一副很稀奇的样子眺望着那样的侦探。

像是在观察困境中的蚂蚁一样观察这个男人，她注意到了一件事。

这个男人不是要证明对人类来说不可能的奇迹。

他想证明的是，对人类来说奇迹是可能的。

那份困苦一定会得到回报。那份祈祷一定会传达到某个地方。在那里会存在拯救。神还没有放弃人类——

万分可笑。当事人极为认真，但那也是令人捧腹大笑的地方。

说起人类什么的，被神舍弃自然是糟粕。看看用血和暴虐、私利私欲、自保以及对他人的漠不关心编写的，名为人类史的残酷滑稽画卷吧。谁也不会把人类当作上等生物。

与其留下愤怒，不如感激神那反复无常的恩宠——被抛弃的话回以抛弃。神会画出一条线，右侧点亮的是幸福家庭的团聚之光，左侧则是这个世界的不幸与恸哭的光景，多么的扭曲滑稽。造物主赐予了人类美丽和谐的自然，又为什么要给社会降下不谐之音呢。简直就像开发停止的高层大楼残骸。

或者那也许是来自神最高级的嘲弄手段——

事到如今并没有想要贿赂神灵得到拯救。不会把自己的不走运归结于神的怠慢。确实在那个侦探的前弟子的面前，忘记了自己的本分而有所失态——就像是天下的大恶徒自命圣人，像生来厚脸皮的女人在喜欢的男人面前装成处女那样行动。然而那也是一时踌躇，带着对整晚也诉不尽的罪的告白，丝毫也没有为难听罪祭司的样子。

但是……即使那样……

即使是那样的自己……

也想要看到这个男人的将来，这是为什么呢。

＊

在网络上完成下单的侦探，深呼了一口气后，将平板电脑放在旁边。然后像是被吞没一样，他靠在枕头上。犹如完成了一件工作似的表情，闭上了眼睛。

"抱歉……我稍微睡一会。治疗费和床铺费用就加在我的借款里……"

扶琳那双三白眼眯成了一条线，抽着烟管。

有钱能使鬼推磨——如果有自己相信的东西，那不会是神，而是信用力高的法定货币或者作为安全资产的金银铂金吧。免罪符的话比起买不如卖。身为偏巧不信神佛的人，虽然不太明白高居天上的神的恩惠，但如果是在现实世界里被称为万能神的金钱的恩惠，她深入骨髓地了解。

对那样的自己来说，在无聊的赌博或无意义的游戏上耗尽比血肉还要重要的资产，那份愚蠢真是对不起了——

"……不要在意。那点钱我包了。"

扶琳不知不觉中，说漏嘴了。

那种可能性早已料及

推理小说的多重解答

青 稞

　　包括本人在内的很多作者似乎都十分热衷于在推理小说中创建这样一个多重解答的世界，由不同的出场人物针对同一个谜面提出不同的解答，这些解答可以是并列，也可以是层层递进的关系，最终给读者呈现一场诡计与逻辑的盛宴。

　　狭义上的多重解答，是指推理小说中针对同一个谜题会出现三种及以上的解答。当然，这些解答中的大部分在后来都会被推翻，变成伪解。只有最终被确立的那个解答，才能成为唯一的真解。而广义上的多重解答，则可以泛指推理小说中出现的各种逆转甚至凭空而出的合理脑洞。

　　在讨论推理小说时，多重解答是永远绕不开的一点。而纵观推理小说发展史，很多著名的推理小说本身也是具有多重解答的杰出作品。在黄金时代，就有安东尼·柏克莱的七重解答名作《毒巧克力命案》以及埃勒里·奎因的逻辑流不朽杰作《希腊棺材之谜》；而到了新本格时期，多重解答也成为了很多新本格作家热衷于挑战的对象，产生的作品也数不胜数，其中比较有名的作品如西泽保彦的脑洞流代表作《啤酒之家的冒险》和麻耶雄嵩用来反映后期奎因问题的《独眼少女》；当然，华文推理小说领域对此也有很多尝试，如不久前刚推出日文版的陆秋槎的《元年春之祭》及拙作《钟塔杀人事件》。多重解答可以将推理小说的可能性无限放大，各种诡计和逻辑都可以在同一本书中得以正面交锋。也正是由于多重解答具有如此的魅力，所以一直以来才会有这么多作者前赴后继地加入进来，创作出风格迥异的多重解答作品。

推理小说中多重解答的产生，则或多或少要归结于一点，那就是推理小说中解答的不完备性。任何一本推理小说，其谜面所给的条件都是有限的，而作者所能做出的解答也是有限的。这就意味着，任何一本推理小说中都很可能藏有未知的解答。换句话说，一本推理小说中解答的多少，很大程度上取决于作者想给我们看多少。而如果作者偏要炫一下他那诸多清奇脑洞的话，一本多重解答的推理作品就诞生了。

对诡计流的作品来说，只要用于解答的诡计能够合理解释看似不合理的谜面，就是一个合格的诡计流作品，而通往谜面的道路往往都不止一条。就像能开同一把锁的钥匙不止一种，多重解答也是如此。诡计流的多重解答，大多都建立在针对谜面的不同部位分别给出针对性的解答上，这也就意味着，你只需要考虑解答的充分性即可，必要性则可暂不考虑。

然而在逻辑流的作品中，逻辑的必要性则占有十分重要的地位。侦探从案发现场留下的诸多线索中，推导出凶手的行事逻辑，再借此锁定凶手的身份。在这一过程中，任何一个推导的过程都是环环相扣，不仅要求正向导通，反向也需合理。所以在逻辑流的推理作品中，对于相应的谜面来说，最终的解答往往看起来是一元的。但实际上这也仅仅是看起来罢了，推理小说毕竟不是完美的数学公式，人是复杂的社会性动物，所以任何牵扯到人的推理，同样也都有其不确定性的一面。正因为如此，逻辑流的作品中，突破前述逻辑的逆转也时有出现。

　　而不管是诡计流还是逻辑流，作者创作多重解答的目的，很多都是通过一个建立——推翻——再建立的过程，来达到逆转的效果，最终使读者惊讶。而本书的作者井上真伪，却似乎并不仅仅满足于这一点，他有着更为宏大的目标。本书虽然也是一本具有多重解答的推理小说，但从一开始侦探的出场，谜题的设计，到多重解答的一一给出，再到穿插在全文中的数学知识，无一不具有一种新奇的感觉，从中我们也可以看出作者的野心所在。本书中，不仅作者使用多重解答的手法十分巧妙，甚至于连多重解答本身都成为了贯彻作者创作理念的一枚棋子。

　　在本书一开始，作者就塑造了一个另类的侦探上苙。这个侦探不是像传统侦探一般破解不可能谜团，恰恰相反的是，侦探本身竟热衷于"否定所有的可能性，剩下的就是奇迹"。而紧接着，委托人便上门求教，向侦探叙述了一件发生在封闭的团体内部的不可能事件。在这之后，由三个不同的登场人物分别给出了三个不同的解答，但这些解答其实早就被侦探写的一份所谓的"否定的证明"报告书全部涵盖，并一一否决。然而事情很快就发生了转折，神秘的主教大人利用侦探三起否定证明中自相矛盾之处，证明了侦探的三起否定证明当中至少有一处是错误的，从而达到了"否定之否定"的效果。当然，最终这一问题还是被侦探完美地解决了，但这一番看似复杂的"大乱斗"中，作者的目的其实已经达到。

本书的作者井上真伪，出道伊始，便以其极为强烈的个人风格获得了很多关注。在井上的书中，你能很明显地看到，他在很多地方都会习惯性地将推理与数学进行类比，然后将数学体系中的公式化证明移植到推理小说中的逻辑演绎上，从而达到一种高度仪式化的美感。关于这一点，本系列另一本书的解说中，陆秋槎已经就此进行了详细阐述。而本书中的核心之处就在于，作者将数学体系中"否定之否定"的原理完美移植到了侦探的逻辑推理中。此时多重解答不再是简简单单的诡计堆砌，而是成为了"否定"的前提。

除此之外，本书中出现的几个解答也颇为有趣，非但没有凑数之嫌，反而在作者的细密构思下，呈现出一种另类的风格。比如文中前两重解答是分别利用水车和投石机的机械诡计，这种依靠巨型机械来完成不可能犯罪的设计，已经出现在以往很多的本格作品中。而本作不落俗套之处则在于，文中对这种巨型机械的动力来源也做了一番极富"井上"风格的讨论。在对猪脚个数的讨论中，利用数学的方法排除了有多余小猪的可能；在对重力发电的讨论中，同样也利用数学计算的方法对其进行了可行性的分析。这种无时无刻不忘数学的做法，恐怕也只有井上才能想得出了。

　　总的来说，多重解答的推理作品数量不少，但其中的精品却乏善可陈。要想写出一个好的多重解答作品，不仅需要创作者具有扎实的推理基本功，"异想天开"的脑洞，更需要一个能够将多重解答应用到更广泛领域的神奇桥梁。当然，这也是可遇而不可求的了。

　　最后我想再简单介绍一下本书的译者东惠子。我和译者东惠子初识于三年前，后来得知她比我稍稍年长两岁之后，便尊称她为七姐。我们都是安徽人，因此也有幸得以见面，才有了如今的友谊。七姐不只翻译推理小说，同时她也创作了很多好看的推理短篇作品，发表于《推理世界》杂志。她是一位才思敏捷，多才多艺的文艺青年。我衷心希望译者东惠子未来能给原创推理带来更多出色的作品。

图书在版编目（CIP）数据

那种可能性早已料及 ／（日）井上真伪著 ；东惠子译 . -- 北京 ：北京时代华文书局，2018
ISBN 978-7-5699-2668-2

Ⅰ．①那… Ⅱ．①井… ②东… Ⅲ．①推理小说－日本－现代
Ⅳ．① I313.85

中国版本图书馆 CIP 数据核字（2018）第 237595 号

北京市版权著作权合同登记号　图字：01-2018-6092

《SONO KANOUSEI WA SUDENI KANGAETA》
©Magi Inoue 2015
All rights reserved.
Original Japanese edition published by KODANSHA LTD.
Publication rights for Simplified Chinese character edition arranged with KODANSHA LTD. through
KODANSHA BEIJING CULTURE LTD. Beijing,China.

那种可能性早已料及
NAZHONG KENENGXING ZAOYI LIAOJI

作　　者｜[日] 井上真伪
译　　者｜东惠子
封面绘制｜[日] 丹地阳子

出 版 人｜王训海
策划编辑｜黄思远　欧阳博
责任编辑｜徐敏峰　韩　笑
版式设计｜刘艳秋
责任印刷｜刘　银　荆永华

出版发行｜北京时代华文书局 http://www.bjsdsj.com.cn
　　　　　北京市东城区安定门外大街 136 号皇城国际大厦 A 座 8 楼
　　　　　邮编：100011 电话：010-64267955　64267677　57735442
印　　刷｜北京盛通印刷股份有限公司 电话：010-52249888
　　　　　（如发现印刷质量问题，请与印刷厂联系调换）
开　　本｜880mm×1230mm 1/32
印　　张｜9.75
字　　数｜200 千字
版　　次｜2019 年 7 月第 1 版 2019 年 7 月第 1 次印刷
书　　号｜ISBN 978-7-5699-2668-2
定　　价｜48.00 元